古典詩歌研究彙刊

第十四輯

龔鵬程 主編

第7冊

劉克莊詠物詩研究

張　健　著

國家圖書館出版品預行編目資料

劉克莊詠物詩研究／張健 著 — 初版 — 新北市：花木蘭文化
出版社，2013〔民102〕
序 2+ 目 8+162 面；17×24 公分
（古典詩歌研究彙刊 第十四輯；第 7 冊）
ISBN 978-986-322-450-1（精裝）
1.（宋）劉克莊 2.詠物詩 3.詩評
820.91   102014982

ISBN-978-986-322-450-1

古典詩歌研究彙刊
第十四輯　第七冊　　　　ISBN：978-986-322-450-1

劉克莊詠物詩研究

作　　者　張　健
主　　編　龔鵬程
總 編 輯　杜潔祥
出　　版　花木蘭文化出版社
發 行 所　花木蘭文化出版社
發 行 人　高小娟
聯絡地址　235 新北市中和區中安街七二號十三樓
　　　　　電話：02-2923-1455／傳真：02-2923-1452
網　　址　http://www.huamulan.tw 信箱 sut81518@gmail.com
印　　刷　普羅文化出版廣告事業
初　　版　2013 年 9 月
定　　價　第十四輯 17 冊（精裝）新台幣 24,000 元

劉克莊詠物詩研究

張　健　著

作者簡介

張健，著名詩人、散文家、評論家。

曾任台大中文系專任教授、外文研究所博士班教授、文化大學中文系專任教授、香港新亞研究所客座教授、馬來西亞新紀元學院中文系客座教授、武漢中南財經大學教授、中山大學、彰化師大、臺北藝術大學教授、藍星詩社主編、《現代文學》編輯委員、世界華文詩人協會創會理事、中國時報專欄作家、中央研究院中國文哲所訪問學人、文建會文藝創作班詩班主任、國家文藝獎、金鼎獎、金鐘獎、教育部文藝獎、中國時報文學獎等評審委員。現為台大中文系兼任教授。著有詩集、散文、小說、學術著作、傳記、影評等一百十餘種。

提　　要

劉克莊是南宋末的一位重要詩人。就整個宋朝而論，他也可以列入十大詩人的隊伍。

克莊生於西元 1187 年，逝於 1269 年，享壽八十三歲。字潛夫，號後村，福建莆田人。初名灼，嘉定二年（西元 1209 年，莊二十三歲）以郊恩奏補將仕郎，改今名。曾任江西提舉等職，歷官兵部侍郎、工部尚書兼侍讀等官。晚年因為論事賈似道，為世人所譏。咸淳四年（西元 1268 年），特加龍圖閣學士，旋卒，諡文定。

劉克莊兼能文、詩、詞，詩論亦卓然成家，影響頗大，為當時文壇宗主。葉適曾稱他為「中興一大家數」（〈題劉潛夫南嶽集稿〉）其詩被與陸游、楊萬里合稱為「渡江三大家」（陸文圭〈苕石先生效顰集跋〉）。本人以為南宋五大詩人應為陳與義、陸游、楊萬里、范成大、劉克莊。

他的詠物詩，約有四百數十首，本人以求全的心態，儘量抉取同類的作品一一加以論評，成此一書。

本書共分五章：

一、詠動物詩

二、詠植物詩（上）

三、詠植物詩（中）

四、詠植物詩（下）

五、詠器物詩

自 序

我自從民國一百年夏天自中國文化大學退休以來，至今恰好兩年，這是我在這兩年裏所完成的第五部書。

我之勤奮，就是我的快樂。

劉克莊詩研究，是我過去十多年來的一大心願，期諸他人，不如自己動腦動眼動手來做。

繼《劉克莊人物詩研究》（已收入花木蘭文化出版社的《古典詩歌研究彙刊》第十三輯，今年三月出版）之後，我又完成了《劉克莊寫景詩研究》及本書，心中之快慰，非言語筆墨所能夠形容。

另外，我本來還想寫《劉克莊感時詩研究》，但是大陸學者景紅綠先生已有《劉克莊詩歌研究》（上海古籍出版社）一書，其中「時事類詩」一節，已有相當好的呈現及探究，故爾決定罷手。

此書寫作過程中，仍多藉助於辛更儒先生校注的《劉克莊集箋校》（北京中華書局），尤其注釋部分，除少數一、二處我有異見外，大致均依從辛先生。他這部書曾下了很多年的功夫，值得肯定。

一書既成，該感謝者甚多，除劉後村本人及前述二學者外，吾兒張遠博士曾在若干資料的比對及詮釋上，助我不少。文史一家，固亦實情也。並感謝花木蘭諸君子協助出版事宜。

張健

民國一〇二年夏在台大中文系

目

次

前　言

　　劉克莊是南宋末的一位重要詩人。就整個宋朝而論，他也可以列入十大詩人的隊伍。

　　克莊生於西元 1187 年，逝於 1269 年，享壽八十三歲。字潛夫，號後村，福建莆田人。初名灼，嘉定二年（西元 1209 年，克莊二十三歲）以郊恩奏補將仕郎，改今名。曾任江西提舉等職，歷官兵部侍郎、工部尚書兼侍讀等官。晚年因爲詔事賈似道，爲世人所譏。咸淳四年（西元 1268 年），特加龍圖閣學士，旋卒，謚文定。

　　劉克莊兼能文、詩、詞，詩論亦卓然成家，影響頗大，爲當時文壇宗主。葉適曾稱他爲「中興一大家數」（〈題劉潛夫南嶽集稿〉）其詩被與陸游、楊萬里合稱爲「渡江三大家」（陸文圭〈茗石先生效顰集跋〉）。本人以爲南宋五大詩人應爲陳與義、陸游、楊萬里、范成大、劉克莊。

　　克莊一生，共有四千五百餘首詩作，題材廣泛，兼具豪放、工麗、婉約的風格。其中不乏憂時感世之作。今人景紅綠之《劉克莊詩歌研究》（上海古籍出版社，2007 年 8 月出版）有〈時事類詩〉一節論述之，頗得體要（頁 156～170。）

　　他的人物詩共有四百餘首，本人已撰《劉克莊人物詩研究》一書，由花木蘭出版公司出版（2013 年 3 月）。他的寫景詩共有五百多首，

本人擇取其中四百八十六首撰成《劉克莊寫景詩研究》一書，亦由花木蘭出版（2013 年 9 月）。

　　至於他的詠物詩，約有四百數十首，本人以求全的心態，儘量抉取同類的作品一一加以論評，成此一書。

　　本書基本上取材於北京中華書局辛更儒校注的《劉克莊集箋校》（2011 年版），另參商務印書館四部叢刊本《後村先生大全集》（1965 年版）。

　　劉克莊的詠物詩大約可分爲三大類，一爲詠動物詩，一爲詠植物詩，一爲詠器物詩。

　　本書共分五章：

　　一、詠動物詩

　　二、詠植物詩（上）

　　三、詠植物詩（中）

　　四、詠植物詩（下）

　　五、詠器物詩

　　末附總結語。

第一章　詠動物詩

壹、馬

一、老　馬

脊瘡蹄塞瘦闌干，火印年深字已漫。

野礴有冰朝洗怯，破坊無壁夜嘶寒。

身同退卒支殘料，眼見新駒被寶鞍。

昔走塞垣如抹電，安知末路出門難？（辛更儒校注，《劉克莊集箋校》，中華書局，卷二，頁 85）

此詩作於嘉定十二年（1219 年）。

　　首句描寫馬之形貌，以「瘦闌干」形容之，格外顯示馬之瘠瘦可憐。次句稍添風味，是寫馬身上的火焰印。

　　三句、四句寫牠的生態和環境。「朝洗怯」，甚為傳神。

　　五句以「退卒」相喻，甚為真切。六句平述。

　　七句述往懷昔，「抹電」一喻生新有力。八句今昔對比，用反問句轉和緩。

　　全詩表意寫態甚為勻稱。

二、匹　馬

匹馬曾經小店炊，一株玉雪映疏籬。

無言誰識含情處？有韻全看背面時。

　　乍見心方驚絕豔，重來人已折繁枝。

　　斷煙殘照山村路，銷得劉郎一首詩。（卷二，頁 99）

此詩亦作于 1219 年。

　　首句說牠的出處，次句以「一株玉雪」比喻馬的風姿色澤，二喻如一喻。

　　三句詠其沉默，「誰識含情處」有深致；四句看背面，足見克莊爲馬之知音。

　　五句驚豔，六句稍表憾意。

　　七句續六句詩意，八句自述作詩動機。

　　此詩與前詩意境近似，但畢竟有不同的表現手法。

貳、驢

束人求驢子

　　聞在江寧得小驢，價高人說是名駒。

　　行時亦肯過橋否，饑後還能飲澗無？

　　不稱金鞍馱侍女，只宜席帽載貧儒。

　　灞陵雨雪詩家事，乞與他年做畫圖。（卷二，頁 105）

此詩作于嘉定十三年（1220 年）。

　　首二句破題介紹此驢。

　　三句、四句描寫其生態，卻用兩個問句，蓋尚不熟悉也。

　　五、六句描述此驢之身分氣性。似與克莊身分性情境況相投合。

　　七、八句泛用典，謂騎驢求詩之雅事，亦未嘗不可期，但說得從容。

　　驢尚未得，已似老友狀。

叁、虎

一、虎暴二首之一

　　趫捷超山徑，呴哮噉土牆。

　　昔無當道臥，今有稅人場。

　　班特歸欄早，韓盧入竇忙。

　　四山多伏弩，未可恃雄強。（卷25，頁1395）

此詩作于寶祐五年（1257年）。

　　首二句破題，一句寫行踪，一句寫吼聲，「噭」字尖新。

　　三、四句寫今昔情況。

　　五句班特，指班特處士，實為老虎。韓盧，戰國韓國所出產之黑毛俊犬。「歸欄」、「入竇」，實為互文。韓盧犬而喻虎。

　　七八以伏弩儆虎，自不失其言外之意。

　　可惜未正面描寫虎之形象。

二、同題之二

　　噬至飽而止，出為饑所驅。

　　東鄰棧失羖，西舍廄亡駒。

　　浪說裴旻射，難施抱朴符。

　　雌雄已堪畏，況挾小於菟。（同上）

　　首二句平穩而疲弱。

　　三、四句以羖、駒之亡烘托此虎。

　　五句用黃震《古今紀要》卷11典：「裴旻為奚所圍，舞刀立馬上，矢四集，皆迎刀而斷。守北平日，射虎三十一。父老曰：『彪也，遇真虎且敗。』小虎出叢大吼，弓矢皆墮，自是不復射。」又葛洪《抱朴子》內卷四〈遐覽〉謂道經有〈武孝經〉、〈燕君龍虎三囊〉、〈辟兵符〉。

　　五、六用僻典湊對，詩味稀薄。

　　七、八句又用前典，力量寡弱。

肆、牛

賦得牛駝各一首之一

　　以羊相易慚羊小，與象同稱笑象輕。

　　碧草充腸隨意飽，黃鍾滿胵有時鳴。

　　力麤曾索寅人鬥，骨朽難湔丑座名。

　　空費景升芻與蕆，不如嬴犉尚堪耕。（卷19，頁1054）

此詩作于寶祐元年（1253 年）家居莆田時。

首二句以羊、象比配牛。

三句寫食草，四句寫牛鳴。

五句詠鬥牛，六句謂形拙。

七句謂成牛若只吃不作，不如瘦特。

平平實實，詩意略嫌不足。

伍、駝

賦得牛駝各一首之二

形模獰怪駭兒童，技與黔驢大略同。

蔥嶺馱經曾有力，岐陽載鼓竟無功。

效率尚記隨班後，（相傳閣門謂排班有三難：一舉人，二番
人，三駱駝。）健倒安知臥棘中？

莫信人言君背貴，肉鞍強似錦韉蒙。（卷 19，頁 1055）

此詩與前詩作于同時。

首二句破題，謂駱駝的形貌奇怪猙獰，可驚駭兒童，而身體又較
蠢拙，可與驢子相提並論。

三句：漢明帝夢金人，遣使向西域求得金像，時以白馬馱經而
來，因以名寺，於是佛教流傳中國。

蔥嶺，西域之西界。

又，周宣王蒐于岐陽，刻石為十鼓，今具存者九。

三句馱經，四句載鼓，皆是駝之功能。

五句謂駱駝排班甚難，六句謂有時疲極，不免倒臥荊棘中。

七、八句言駝背貴重，駝比錦鞍馬為強。

七縱八橫，寫盡駝姿駝能。

陸、鵲

久不聞烏鵲，朝來噪不休。

殊鄉無喜事，應為買歸舟。（卷六，頁 372）

此詩作于嘉定十六年（1223 年）家居時。此時或外出小遊。

首二句破題，平易近人。

三句一轉，實由前二句引發。鵲鳴應喜事，乃中國民間習俗。三句故意退一步說，逗出四句之「買歸舟」──謀歸鄉來。

爲此詩正名，應作「聞鵲」，故一字未寫鵲形鵲姿。

柒、燕

一、燕之一

曾客烏衣看落花，春風吹影傍天涯。

茅簷亦有安巢地，何必王家與謝家？（卷三，頁 184）

此詩作于嘉定十四年（1221 年）。奉祠家居時所作。

首句謂烏衣巷看花，次句以春風爲輔。

此二句實爲興，以引發下二句。

三句建議，四句用劉禹錫典：「當年王謝堂前燕，飛入尋常百姓家。」半反用。

此詩主旨，乃借燕而發揮安於貧窮、不慕富貴之旨。

二、燕之二

野老柴門日日開，且無欄檻礙飛迴。

勸君莫入珠簾去，羯鼓如雷打出來。（同上）

首二句謂在野外燕子來去自在。

次二句勸燕莫入富貴人家之宅第，或不免被鼓聲轟出來。

全詩旨意幾乎全同於前首，但寫法各異。

捌、雀

恰見趨燕市，俄聞集兔園。

雕籠馴養者，誰到翟公門？（卷47，頁2424）

此詩作于咸淳四年（1268 年）。致仕家居時。

首二句寫雀之行踪，如荊軻、高漸離之蒞燕市，又如枚乘輩之集梁苑。

末二句謂馴養鳥雀者，為富貴之人，不到廉潔如晉人翟湯之家。
以雀子喻人間貧富之分及世態炎涼。

玖、杜　鵑

一、杜　鵑

門前客勸不如住，樹頭鳥勸不如去。
廷尉重來客又集，丞相欲去門人泣。
客誤主人固不少，哀哉人有不如鳥。（卷 24，頁 1362）

此詩作于寶祐五年（1257 年）

首二句謂對杜鵑之來去，有不同的意見，下句用「不如歸去」典。
三四句投射到人間事情上。

五、六句挑明主旨：客誤主人之事，古往今來固不少也，還不如
鳥之單純自在。

二、杜鵑問答二首之一

昔南使粵北防秋，聞汝啼聲悔遠遊。
我憶故鄉歸久矣，君歸未得使人愁。（卷 38，頁 2054）

此詩作于咸淳二年（1266 年）。

首二句破題，以己之遠宦為由，說聞杜鵑聲而知悔。因為杜鵑頻
叫「不如歸去」。

三句一轉：我已歸鄉，四句再切入本題：汝反未歸，日日哀叫，
令人心憂。

巧說若信。

三、同題之二

雲安萬里一禽微，翅短安能遠奮飛？
帝放還山君有福，虜猶戍蜀我安歸？（同上）

雲安，今之四川省雲安市，古蜀國地。

首句破題入神，次句一問合理。

三、四句謂人間多離別之苦，虜仍戍蜀地，我（杜鵑）又安能歸
鄉。

拾、接　客

> 向來客至投轄留，而今避客如避仇。
>
> 山禽敵我似有理，何不握髮更倒屣？
>
> 禽兮禽兮汝豈知？人生衰旺各有時。
>
> 主人老病客勿怪，囊冷樽空無管制。（同上）

接客，不詳是何鳥，疑亦喜鵲一類。

　　此詩不描寫接客此鳥，卻以「接客」二字作文章，寫自己的生活狀況。

　　首句謂自己昔日如陳遵之好客，客來則投其車轄于井，以求久留，次句謂今已大不同于前，避客如逃仇人。

　　三四句山禽指接客鳥，其鳴聲似建議我握髮、倒屣迎客似古人。

　　五句六句自辯。

　　七、八句謂我已老而多病，不能待客請原諒。

　　全詩一揚一抑，煞是有趣。此詩中四句不對仗，不是七律乃是七古。

拾壹、姑　惡

> 有鳥有鳥林間呼，聲聲句句唯怨姑。
>
> 夜挑錦字嫌眠懶，晨執帨巾嗔起晚。
>
> 老人食性尤難準，冰天求魚冬青筍。
>
> 爺娘錯計遣嫁人，悔不長作閨中姝。
>
> 新婦新婦記牢著，人生百年更苦樂。
>
> 他時堂上作阿姑，莫教新婦云姑惡。（同上）

姑惡，水鳥，俗云婦因婆婆處死，故化為鳥，其聲云「姑惡」。

　　此詩亦借鳥名發揮題旨。

　　首二句如實破題。

　　三句謂夜織，四句謂早起侍餐，二者均受婆婆挑剔責怪。

　　五句謂公婆飲食多苛求，六句落實寫照。

　　七句、八句悔婚，甚至怨及父母。

九、十句警告天下媳婦：人生百年，苦、樂更替。

末二句說：妳做婆婆時，要多替媳婦著想。

簡直是一篇警世詩。

拾貳、行不得哥哥

羊腸汝尚行不得，而況汝兄腳無力。

何曾知有〈陟岡〉詩？聲聲叫兄不容釋。

四達之遠如掌平，井廛危道慎無行。

禽鳥微類猶有情，鼻亭公豈不愛兄？（卷24，頁1363）

此亦「禽言九首」之一，行不得也哥哥指鷓鴣，其叫聲如此。

此詩亦由鳥之別名發揮題旨。

首二句謂羊腸小徑不易行走。

三、四句謂陟岡甚難，汝叫「哥哥」行不得，乃出自天性或直覺。

五句謂四達之大道可行，反襯六句危道井廛之不可行。

七句謂小鳥亦講情義，八句謂汝豈能不愛惜兄長。所謂「鼻亭公」，描寫鷓鴣鳥之高鼻特徵也。

拾叁、提葫蘆

朝愁暮愁愁不已，生為愁人死愁鬼。

百禽唯爾尤可喜，勸我移住醉鄉裏。

劉伶畢卓善自謀，生前死後不識愁。（同上）

提葫蘆，身麻斑如鶉而小，嘴彎，聲清重，初稍緩，已乃大激烈。

首二句寫人之多愁，共用了五個「愁」字。

三句一大轉，唯汝可喜；四句為幻設若真之辭，汝助我長醉。

末二句增益其勢，舉二善飲好飲之古人以說明醉人不愁之理。

克莊把提葫蘆當作喜鵲一類的小鳥了。

拾肆、脫　袴

貴家紈袴金梭織，貧家布袴才蔽膝。

半夜打門持文書，脫袴貰酒待里胥。

　　何時贖袴要禦寒？亦爲官掩催租癰。（同上）

脫袴，即布穀。布穀叫聲若「家家撤穀」，或以爲「家家脫袴」。

　　首二句寫貧富家庭之褲。

　　三、四句詠酷吏索租，百姓必須典當袴子買酒招待。

　　五、六句愁眉苦臉，謂不知何時有錢贖回褲子，也好替官吏們掩蓋他們的劣跡。

　　妙在由布穀之別名引發奇思。

拾伍、布　穀

　　　牆壁雖有勸農文，不如禽語尤殷勤。
　　　春泥滑滑陂水滿，晨出下秧薄暮返。
　　　烏乎三農養一兵，汝曹努力勿惰耕，
　　　朱門日高眠未起，卻嫌布穀聲聒耳。（卷24，頁1364）

此詩又吟布穀，可謂一雞二吃。

　　叫法不同，主題亦異。但不失農家風味。

　　首二句破題不著痕跡。

　　三、四句示明布穀之時機與背景。

　　五、六句勉勵農民，其責任重大。

　　末二句斥責富貴人不知感恩。

　　恣意點染成詩，妙。

拾陸、婆餅焦

　　　阿婆八十雙鬢皤，屑麥爲餅將奉婆。
　　　小家新婦拙烹調，不覺鐺熱令餅焦。
　　　高堂日晏婆停箸，小姑訶婢郎譴婦。
　　　新婦斂手前謝過，別就熱鐺翻一箇。（同上）

婆餅焦，巧婦，其巢如刺韈。又名鶺鴒，又名女匠。

　　首二句幻設破題。

　　三、四句寫餅焦之緣由。

　　五、六句詠媳婦、婢女因而受責。

七、八句以媳婦道歉再做收結。

無中生有，照樣成詩。

拾柒、郭　公

　　郭公郭公曾君國，魂化爲鳥憾未釋。

　　滿目山河屬別人，舊時官殿歸不得。

　　更姓改物今千春，歷歷記憶常如新。

　　郭公蜀帝兩癡絕，自古失國知幾人？（同上）

郭公，尸鳩，今之布穀，江東呼爲郭公。牝牡飛鳴，以翼相拂。不自爲巢，居鵲之成巢，有均一之德，其哺子朝自上而下，暮自下而上。

　　首二句以郭公長父爲「郭公」，乃周厲王之嬖臣，似乎化魂爲鳥，猶有遺憾。

　　三、四句謂人世滄海桑田，亡國亡城，不勝悲傷。

　　五、六句續寫人間變化。

　　末二句以杜鵑與此鳥相比匹。猶蜀帝與長父，同喻失國之人。

拾捌、鷳

一、竹溪惠白鷳三絕之一

　　白雪通身潔，丹砂傅頂紅。

　　贈余有深意，鷳義與閑通。（卷29，頁1586）

此詩作于寶祐六年（1258年）。

　　首二句各用一喻，紅白鮮明對照。

　　三句應題之「惠」字。

　　四句自解此鳥之象徵意義。

　　四句各盡其用，二十字如畫如哲。

二、同題之二

　　鸚鵡鵁鶄賦，鷳寧愧二蟲。

　　吾衰邊幅窘，姑置小池中。（同上）

首二句破題，用鸚鵡、鸐鴡二鳥相比，「賦」字實為贅文。

三、四句自謙之外，實寫安置白鷴之情況。

三、同題之三

　　世有殊尤物，天慳賦詠才。

　　恨渠生較晚，不及見鄒枚。（同上）

首二句先讚美白鷴為世間尤物，復自謙沒有才華足以吟詠其美。

三、四句似轉實承：白鷴白鷴，汝生何晚，若在漢代，鄒忌、枚乘作賦高手，必能善詠汝美汝貴。

三首互補，彼此輝映。

拾玖、鴛

一、子真子常餉雙鴛，將以五言，效顰三首以謝之一

　　重重金殿裏，鎖向帝王家。

　　縱得游靈沼，何如睡暖沙？（卷32，頁1753）

此詩作于景定三年（1262年）。

子真、子常，子真名同，子常名合，克莊婦兄林公遇之二子。

首二句天外飛來，謂雙鴛本鎖在帝王金殿中，貴則貴矣，奈不自由何！

三、四句以靈沼（上應金殿）比暖沙。暖沙在野外，有充分自由。

四句如一句，題意了然。

二、同題之二

　　栖非梧不憩，渴以醴為漿。

　　回首笑鷗輩，方爭庸鼠忙。（同上）

首二句寫鴛之生態。

後二句以鷗為比，反襯其高潔。

首字與第五字義重，是小疵。

末二句實活用《莊子·秋水》鵷雛與鷗之典。

三、同題之三

> 顧影矜毛羽，晴川偶泳游。
>
> 不知誰打鴨，驚去不回頭。（同上）

首二句續寫鴛之生態，補前首之不足。

三、四句謂打鴨者擾及雙鴛，此二句實有俗人「佛頭著糞」之寓意。

貳拾、鶴

一、白鶴故居

> 天稔中原禍，朝分當部爭。
>
> 當年誰宰相？此地著先生。
>
> 故國難歸去，新巢甫落成。
>
> 如何鯨侵外，更遭打包行？（卷 12，頁 744）

白鶴故居，蘇東坡惠州故居，在歸善縣治北白鶴觀基。

此詩作于嘉熙四年（1240 年）。

此詩雖寫照東坡一生及其居惠州時情事，但亦似以鶴喻先生，故姑予列入。

前四句謂政爭不息，君子蒙難。以「天稔」打頭，是展示時代之宏觀。當時是章惇爲相，力主貶坡。此詩中故意用反問句：「此地著先生」五字簡而有力，令人肅然復憤然。

五句實寫，六句恍爲鶴之新巢。

七、八句謂何日可歸。

二、賦得老松老鶴各一首之二

> 腥腐年來懶啄吞，禍樞惟有頂丹存。
>
> 長吭徧到清宵唳，病翅猶當霽日翻。
>
> 雲杪孤飛因避箭，縠中新穀各乘軒。
>
> 士衡晚抱無窮恨，誰向華亭酹一樽？（卷 20，頁 1124）

此詩作于寶祐二年（1254 年）。

首二句破題，自兩方面（飲食、衣著）描繪老鶴。

三句說鳴，四句說翅──當霽日翻，暗示其光潔。

五句孤飛，六句見幼鶴而自傷。

末二句借陸機典抒情：陸機將被孫秀所害，著白帢與之相見，神色自若。曰：「自吳朝傾覆，吾兄弟宗族蒙國重恩，入侍帷幄，出剖符竹。成都（王）命我以重任，辭不獲已。今日受誅，豈非命也？」既而嘆曰：「華亭鶴唳，豈可復聞乎？」遂遇害於軍中。

此二句以詩人文士（人類之代表）為鶴知己之意，了然可察。

全詩布局十分勻稱。

三、鶴會三首之一

晚覺方家總寓言，《儋書》只說答神存。

不煩姹女來丹竈，忽有嬰兒出顖門。（卷 25，頁 1384）

此詩作于寶祐五年（1257 年）。

《儋書》指《老子》：「谷神不死，是謂玄牝。」姹女，汞（水銀）之別名；顖門即頂門。

此詩以《老子》書中之玄牝喻鶴。

末二句以嬰兒之頂門喻鶴之形姿，又以丹竈比其丹頂。

四、同題之二

肉眼安能辨聖凡？有時巾褐過城南。

亦無肘後堪傳汝，且向純陽兩字參。（同上）

此詩謂己與鶴遊，是聖是凡，常人難辨。次二句謂己愧無秘方或呂洞賓之上真秘訣相傳授。

是親鶴亦是頌鶴。

五、同題之三

投不貲軀火宅中，須臾鬢雪換顏紅。

暮年頗欲從翁去，共過蓬萊聽水風。（卷 25，頁 1384）

此詩仍寫己與鶴之交遊。

首句巧用佛家之火宅（按：佛以三界為火宅），乃有次句之「顏

紅」，亦正映照鶴之丹頂。

末二句謂己已退休，欲從鶴共赴蓬萊仙境，共聽風聲水聲。

鶴身全白，故以翁稱之。

貳壹、孔　雀

鄰家孔雀

初來毛羽錦青蔥，今與家雞飲啄同。

童子有時偷剪翅，主人常日少開籠。

嶠南歲月幽囚裏，隴右山川夢寐中。

因笑世間眞贗錯，繡身翻得上屏風。（卷四，頁228）

此詩作于嘉定十四年（1221年）

首句描寫孔雀形貌之特色，次句詠不凡中之平凡。

三句、四句寫孔雀之受限與受虐。

五、六句以人爲喻，謂孔雀如受囚之賢人。

七、八句以屏風上所繡之孔雀，感慨人世間萬物眞假難分，假者往往反而居上風。

此詩可謂諷世詩。

貳貳、蟻

一、穴蟻一首

穴蟻能防患，常於未雨移。

聚如營洛日，散似去邠時。

斷續緣高壁，周遭避淺池。

誰爲謀國者？見事反傷遲。（卷二，頁129）

此詩作于嘉定十三年（1220年）。

首二句平實破題。

三、四句用典如喻。

五、六句續寫其日常之生態。

七、八句突然一轉，移到人事上，諷譏爲國者臨事踟躕，缺乏魄

力，比蟻不如。

此亦爲諷世詩。

二、蟻

呼童掃蟻子，勿上法堂階。

渠出賣廳角，云參妙喜來。（卷 42，頁 2201）

此詩作于咸淳四年（1268 年）。

妙喜，維摩居士所居之國名，以代維摩詰。

首二句如實說人蟻關係。

次二句提昇小蟻爲大士，牠優游自得，竟對詩人說：我正向菩薩
參禪回來。

貳叁、蛙

一、五憎之五

不覺渠泥臭，偏依井榦蹲。

聲尤醜水鳥，腹欲大河豚。

焚鞠存經訓，如簧起噴言。

主人方戒殺，毋怪爾徒喧。（卷 22，頁 1220）

此詩作于寶祐三年（1255 年）。

首二句寫照蛙之一般生態。

三、四句承續之，聲粗腹大，兩比皆甚恰當。

五句費解，六句上應三句。

七、八句以側寫表達憎惡之意。

其實蛙乃「益蟲」，克莊不過因其聲噪貌寢而厭惡之。

貳肆、錦　雞

弔錦雞一首兼呈葉任道

炎州産文雞，毛羽固天稟。朱丹飾尾距，綵繡錯衿衽。

主人極珍憐，龠合分俸廩。置諸後園中，小奴司啄飲。

地荒籠柵踈，客見輒危懔。點狸出沒精，豪鼠窺伺稔。

　　　諒垂彼饞涎，或瞷君高枕。駭機中夕發，果以斃來諗。
　　　裂冠首立碎，噎噂聲已噤。酷哉三尺喙，殘此一段錦。
　　　長嗟命瘞埋，詎忍付烹飪。始為文采累，終欠智慮審。
　　　老瞞我孔公，千載憤凜凜。黃祖殺處士，麤暴犯流品。
　　　況茲毒鷙物，尤索防閑甚。善視雙翠衣，夜涼勿嗜寢。

　　　（卷五，頁 329）

此詩作于嘉定十五年（1222 年）。

　　葉任道名潛仲，克莊好友之一，常同出遊歷。

　　首二句說出錦雞的生產地及其特質。

　　三到六句續述羽毛之美及尾距之麗。繼及主人之珍愛。

　　七到十句詠其圈養之情形，且以客情為傅。

　　十一到十四句說狸、鼠二患。

　　後八句細說錦雞被殘殺的情況及死後埋葬之事。

　　廿三句以後大發感慨：「為文采累」是主旨：乃歷舉曹操殺孔
融、黃祖殺禰衡二例為喻。

　　廿九、三十句回到主體錦雞上：謂主人宜防患于未然。

　　末二句以「雙翠衣」代錦雞，籲主人勿貪睡忽視了此寶禽的安全。

　　全詩既譽錦雞之美，又惜錦雞之死，言外之意，或為天下不幸的
才人悼。

貳伍、雞

曉　雞

　　　絳幘昂然韻節清，不因風雪廢長鳴。
　　　初聞烟岫猶銜月，久聽山城漸殺更。
　　　驚起征夫茅店夢，喚回老將玉關情。
　　　年來無復中宵舞，自笑功名一念清。（卷六，頁 387）

此詩作于嘉定十六年（1223 年）家居時。

　　首句描寫公雞的神姿神韻。次句說鳴，「不因風雪」益增其氣勢。

　　月未落，雞已鳴；雞鳴可代山城之更聲。

五、六句並寫征夫、老將之聞雞起興。

七、八句回應到自己身上，猶憶少壯時聞雞起舞、追尋功名之情狀，如今則「一念清」，萬念輕矣。

克莊詠物詩，常在末後反射到自己身上，此為一例。

貳陸、貓

一、詰　貓

古人養客乏車魚，今汝何功客不如？

飯有溪鱗眠有毯，忍教鼠嚙案頭書？（卷六，頁352）

此詩亦作于1223年。

首句用《戰國策》孟嘗君門客馮諼「食無魚」、「出無車」一典，其實是斷章取義。

次句、三句繼之，反詰貓有何殊功，竟然有魚吃，有毯蓋。

四句一轉作結：既享有如此好待遇，為何不盡職責：捕老鼠？

克莊為一書癡，故不問鼠傷傢俱或其他，只責鼠咬壞了書冊。

全詩既認真又詼諧。

二、失　貓

飼養年深情已馴，攀牆上樹可曾嗔？

擊鮮偶羨鄰翁富，食淡因嫌舊主貧。

蛙跳階庭殊得意，鼠行几案若無人。

籬間薄荷堪謀醉，何必區區慕細鱗！（卷七，頁431）

此詩作于嘉定十七年（1224年）。

首句破題，次句增姿。

三、四句描述此貓的心理——嫌貧羨富。

五、六句寫蛙寫鼠之猖獗，借此譴責此家貓之無能或不盡責任，與前詩境近。

七、八句又向失貓喊話：荷亦可食（勸貓食素？），何必斤斤計較，餐餐食魚？

此詩寓諷箴于俏皮話中。

三、失貓一首

　　周遭闇室工訶夜，傴息朝簷喜曝晴。

　　踥跳似猴難攝伏，縱擒無鼠敢從橫。

　　儂貪夢蝶防閒弛，汝薄魚餐去住輕。

　　赤腳蒼頭俱失察，主君姑息不須驚。（卷33，頁1795）

此詩作于景定五年（1264年）家居時。

　　首二句破題而對仗：夜訶晨曝，二態俱全。

　　三句寫其另一生態——善於跳躍。

　　四句繼之，卻暗寓貶斥之意。

　　五句詠貓之貪睡失警，六句謂此貓挑嘴，連魚餐也不能饜足牠。

　　七句述老佣人失察使牠失踪，八句自陳我這主人心胸寬大，不會苛責佣僕。「赤腳蒼頭」形成當句對。

　　此首失貓距上首失貓已隔四十年，克莊愛養貓，又不十分經心，四十年而失二貓，亦不可謂多矣。但二詩格調卻甚近似。

四、責　貓

　　償錢聘汝向雕龍，穩臥花陰曉日紅。

　　鷙性偶然捎蝶下，魚餐不與飼雞同。

　　首斑虗有含蟬相，尸素全無執鼠功。

　　歲暮貧家宜太冗，未知誰告主人公。（卷35，頁1892）

此詩作于景定五年（1264年）致仕居家時。

　　首二句破題，「聘」字入神，「穩」字出色。

　　三句說得俏皮，四句寫得的實。

　　五句含諷，六句直斥。

　　末二句謂貧家歲末事冗，因此大家都疏忽了貓的存在。

　　克莊晚年，喜歡向讀者嘆窮，置之一笑可也。

　　不過他之愛貓又憎貓，於前述四首中了然可見。

貳柒、蝶

一、夢　蝶

> 浪說身如蝶，安能及蝶哉？
> 穿花終日去，據槁霎時回。(卷 18，頁 1042)

此詩寫于淳祐十二年（1252 年）。

首句暗用《莊子・齊物論》莊子夢蝶一典。

次句緊扣住首句發揮其旨意。

三句正面描寫蝴蝶的風姿：「穿花」之「穿」生動，「終日去」三字瀟灑。

四句反說若正：若暫憩槁木，片刻便即離去。

以此詠蝶，不但生動，而且譽之不甚落痕跡。

二、蝶

> 莊周言達理，吾以蝶爲優。
> 無想亦無夢，有身長有愁。(卷 42，頁 2201)

此詩作于咸淳四年（1268 年）。

首句再用莊周夢蝶之典：是我夢蝶，抑蝶夢我？此身不可知，此身是幻影。

次句反用其意：謂莊子以爲人、蝶無殊，我則以爲蝶更優于人。

三句再引申其義：蝴蝶是動物，所以無思想無夢幻，亦無憂愁。

四句回到人身上：人有此臭皮囊，則不免長懷百年愁矣。

這首詩完全未涉及蝶的形貌和生態，卻是憑空比較人蝶，乃一首哲理詩。

貳捌、蚊

一、五憎之一

> 伺夜偏乘隙，逢人輒噬膚。
> 不饒豫讓炭，肯恕玉環酥？
> 闇室愁逢蝠，虛簷巧避蛛。
> 吾無紅拂妓，姑命小奴驅。(卷 22，頁 1219)

此詩作于寶祐三年（1255 年）。

　　首二句實乃跨行句（run-on line），應作一句讀。以此破題，誰曰不宜？

　　三、四句舉出兩位相反的人物，意指不論黑白、美醜、硬軟，蚊子一概不放過，噬血以快朵頤。

　　五、六句寫蚊之二敵：蝙蝠、蜘蛛，所以愁之畏之避之。

　　末二句巧說，家無紅拂，且用小奴驅此細敵。妙在「拂」字雙關，又與四句玉環遙應——皆佳人也。

　　此詩步步爲營，堪稱古今蚊詩之代表作。

二、蚊蠅五言一首

　　蚊集殊難散，蠅驅已復回。

　　偏能侵枕簟，尤喜敗樽罍。

　　恰則噬臍去，何曾洗足來？

　　化工生育爾，豈不甚仁哉！（卷 42，頁 2220）

此詩作于咸淳四年（1268 年）。

　　把蚊、蠅合寫於一詩，似易實難，於此可見克莊功力之一斑。

　　首二句似異實同，謂蚊、蠅二者，物體雖小，其糾纏人的情狀實同樣可厭。

　　三、四句仍分詠蚊、蠅。三句蚊侵人肌膚於枕席間，四句蠅敗人興致于樽杯間。

　　五句主詠蚊，噬臍乃信手拈來，卻別有情致；六句主詠蠅，未曾洗足，可發一噱，然亦眞實。

　　末二句謂造化生汝二蟲，眞是大仁大慈。此二句顯係反諷之筆。

　　蚊乎蠅乎，得克莊此詩，亦不朽矣。

三、冬　蚊

　　南州時令舛，冬月有蚊飛。

　　豈是爲饑祟，因而觸禍機？

　　照尤嫌畫燭，驅尚入羅幃。

　　　　吾母音容遠，何妨用扇揮？（卷47，頁2445）

此詩作于咸淳四年（1268年）。

　　時克莊家居，故曰「南州」，首二句之情景，吾等台胞最易體
會。

　　三、四句問得蹊蹺，卻亦切合情理。所謂「觸禍機」，應指被人
們撲殺。

　　五句說牠們怕光，六句說牠們驅之不去，纏勁十足。

　　七句天外飛來，意指老母在時，怕驚擾母親安眠，故不敢輕舉妄
動。

　　八句乃大扇一揮，斥逐群蚊。

　　全詩寫得活潑而逼真。

貳玖、蠅

一、五憎之二

　　絳帕妖方士，青襟小茂才。

　　集瓜譏汝否？止棘刺誰哉！

　　倏忽尋聲去，曾無濯足來。

　　吾衰臂力短，驅去復飛迴。（卷22，頁1219～1220）

此詩亦作于1255年。爲「五憎」之二，與前首「蚊」同時作。

　　首二句並陳深紅色及青蒼色之蒼蠅，描述得既謔又雅。

　　三、四句以集瓜（停在瓜上）、止棘（留在荊棘上）描述蠅之無
所不在。

　　五句謂蠅聲營營，人皆可辨；六句說蠅不潔，此義前首已吟及。

　　末二句自嘲力弱，其實仍形容蠅之囂張。

　　厭物雖醜陋，詩人仍可吟之爲佳詩。

二、冬　蠅

　　百蟲已藏蟄，此物出何哉？

　　甚矣綠衣僭，公然赤幘來。

　　居嘗污脯醢，尤喜敗樽罍。

　　　刑故寧論小，無分卵與胎。（卷 47，頁 2445）

此詩作于 1268 年。

　　首二句破題，夲字已藏十字中。

　　三、四句復示其身體之顏色：綠頭蒼蠅、紅頭巨蟲，「甚矣」、「公然」相對成趣，互文也。

　　五、六句具言其禍害。

　　七、八句蠅爲卵生物，故有此說，謂不論其形體大小，是胎生或卵生，均應判刑罰罪。

　　直書其物，雖謔亦眞。

叁拾、蜚

　　　物理或難詰，疑經多未通。

　　　蜚雖筆麟史，荔不產龜蒙。

　　　記異因同蜮，爲災豈減蠡？

　　　恨余非博識，安敢注蟲魚？（卷 22，頁 1220）。

此詩亦作于 1255 年，爲五憎之四。

　　蜚即臭蟲。

　　首二句謂此蟲書中缺乏記載。

　　三句似謂《春秋》載有此蟲，四句謂陸龜蒙詩中博物，亦未見蜚踪。

　　五、六句與同類之二蟲相比較。

　　七、八句謙稱己之寡聞，不能盡識百蟲。

　　此詩略嫌空洞，未能正面抒寫臭蟲之形貌及生態。

叁壹、蚋

一、五憎之三

　　　么麽常情忽，潛形未易知。

　　　嗅香太尉足，起粟婕好肌。

　　　醢甕偏常集，紗廚巧似窺。

平生長塵尾，至此竟難麾。(同上)

此詩亦作于 1255 年，爲五憎之三。

蚋，又作蟎，蚊蟲類，體呈卵形，長約七釐，色黑，頭小，觸角短，無單眼，複眼多呈赤白，胸背隆起爲球形，翅闊，螫吸人畜之血液，幼蟲棲水中。

首二句描述其細小，不易爲人察知。

三句狀其嗅肌香而噬，四句描其致人膚起包。

五句謂其偷食酒漿、食物。

七、八句說自己之無奈，沒法對付此蟲。

綜合言之，蚋兼有蚊、蠅之「功能」，雙重可厭。得此一詩，亦可謂不朽矣。

二、蚋

蚓穿槁壤及黃泉，蜂採花房與柳綿。

微蚋么麼殊嗜好？以醢爲蜜甕爲天。(卷 47，頁 2423)

此詩作于咸淳四年（1268 年）。

此詩作法稍異於前，先以蚯蚓、蜜蜂二蟲起興，二者上樹、入壤，各有千秋。

三句引出主角來，用一問句。

四句寫出答案：愛食酒醋，喜近甕罐。末二字「爲天」尤誇張得妙。

叁貳、蟬

一、五愛之四

未省吞腥腐，惟承晚露餐。

三生齊女怨，千首孟郊寒。

腹餒鳴尤激，身輕蛻不難。

何須珥華冕，吾欲掛吾冠。(卷 22，頁 1221～1222)

此詩作于 1255 年。

　　首二句破題，將蟬之清高具體描寫出來。此正與蚊蠅蚋作一區隔。

　　齊女怨王而死，變為蟬，王悔之，名為「齊女」。見《太平寰宇記》。

　　孟郊詩寒，乃出蘇軾「郊寒島瘦」一評語。在此喻蟬之聲音寒凜。

　　三四句用典兼用喻。

　　五句說其善鳴，六句詠其蛻皮。

　　七、八句以己之掛冠烘托蟬之清高。

　　全詩不脫不黏，平凡而入神。

二、蟬

　　□□□鳴夏，高秋響激空。

　　翼雖映華晃，身自閉雕籠。（卷42，頁2200）

此詩作于咸淳四年（1268年）。

　　此詩前三字缺文，但大意仍可知悉，首二句謂蟬吟于夏秋二季，聲調高亢入雲。

　　三句摘寫其生理特徵：雙翅、頭部有華點之高冠。

　　四句一沉，表遺憾之情：身被閉在雕籠，雖高貴而不自由。

　　此蟬不同于前首之蟬：一自由，一不自在。

參、蠶

　　天不生斯物，將如凍者何？

　　為誰忙作繭，到底化為蛾。

　　種至春還育，功於世最多。

　　香閨不知織，歲歲賜香羅。（卷22，頁221）

此詩亦作于1255年，為「五愛」之一。

　　首二句盛譽蠶功。

　　三、四句仔細勾勒其生態。

　　五句補述，六句贅言。

末二句借蠶發揮，譏諷富貴家女子不知勤織如蠶，只知坐享其成。

此亦詠物兼諷世詩。

叁肆、蜂

　　茲蟲雖小物，一一抱微忠。
　　多士從先主，群臣立悼公。
　　獻花朝貢謹，釀蜜國儲豐。
　　處仲目空露，名居畔逆中。(同上)

首二句破題譽蜂，作法同于前首。

三、四句用二古人典喻蜂之忠。

五、六句寫蜂釀蜜之貢獻。

七句用《晉書‧王敦傳》典（亦見《世說新語》）：王敦字處仲，司徒導之從父兄也。潘滔見敦而目之曰：「處仲蜂目已露，但豺聲未振。若不噬人，亦當為人所噬。」

此不過與蜂有關之典收結，與前六句之意境大相逕庭，可視作克莊之敗筆。

叁伍、螢

　　占斷十分清，飛來一點輕。
　　死還為腐草，生怕傍長檠。
　　扇撲隨風遠，囊盛徹夜明。
　　藜燈與蓮炬，不似爾多情。(同上)

首二句以輕、清二字譽螢，可謂十分恰切。

三句螢死化腐草，乃民間傳說，四句謂怕傍燈火。

五句寫人類愛用扇子撲螢，故隨風遠颺，六句用晉人車胤囊螢讀書之典，對得巧妙。

七八句用兩種照明物比匹之，更見螢之詩情畫意。按螢火夙為歷代詩人之恩物，謂之「多情」，誰曰不宜！

此詩七縱八橫，卻不見雜湊之跡。

叁陸、龜

> 古云龜與鶴，閱世壽尤長。
> 試問刳腸出，何如曳尾藏？
> 有靈寧毀櫝，無用且支床。
> 吸視堪傳否？仙家不死方。（同上，頁 1222）

首二句化用「龜鶴長年」之成語。

三句謂刳腸之禍：《莊子‧外物》：「神龜能見夢于元君，而不能避余且之網，知其七十二鑽而無遺筴，不能避刳腸之患。」喻飛來橫禍。

四句亦莊子典：寧曳尾於塗中，不願入廟堂之上。

二句相比，主旨自明。

五六句毀櫝求全，無用可支床（以老龜墊床腳），均為熟典活用。

七、八句謂古傳龜有導引之術，謂可長生不死。

末後二句與首二句互相呼應。

叁柒、麟

西狩獲麟

> 獲處從西鄙，胡然瑞物臻。
> 子因書曰狩，世始識爲麟。
> 出匪于中國，來常以聖人。
> 皆云麞且角，誰辨獸而仁？
> 已歎吾無位，於嗟汝不辰。
> 茂陵好奇怪，得者惜非眞。（卷 28，頁 1549）

此詩作于寶祐六年（1258 年）。

此詩全從《春秋‧哀十四年》著眼：「春，西狩獲麟。」

因麟爲仁獸，聖王之嘉瑞也，時無明王，出而遇獲，孔子傷同道之不興，感嘉瑞之無應，故絕筆於此。

前四句寫孔子時麟之出現。

五、六句述說麟之產地不在中土，每隨聖人而出現。

七、八句比照傳說與實際。謂世人無眼光也。

九、十句就孔子的立場說話：我有德無位，猶汝之出不逢辰，未遇聖君。

末二句似謂茂陵之地（在長安附近）傳說曾有麟出現，惜非眞麟。

此詩以麟爲經，以史爲緯，聖人孔子隱隱貫穿其中。

惜未正寫麟之形貌及生態。

叁捌、精　衛

精衛銜石塡海

精衛銜寃切，輕生志可憐。

只愁石易盡，不道海難塡。

幻化存遺魄，飛鳴累一拳。

終朝納芥子，何日變桑田？

鵑怨啼成血，鷗沉怒拍天。

君看嘗膽者，終有沼吳年。（卷27，頁1508）

此詩亦作于寶祐六年（1258年）。

精衛乃小鳥，似烏鴉，乃炎帝之少女，名女娃，遊于東海，溺而不返，故爲精衛，常唧西山之木石，以塡東海，喻恨深，或徒勞無功。

此詩自出主意。

首二句詠女娃之死。三、四句寫塡海之難。

五、六句繼續發揮。

七句謂芥子納須彌山，則大海亦可納焉，八句謂滄海何日變桑田。此二句比喻塡海並非不可能之任務。

九、十句以鵑、鷗喻有生之怨恨。

末二句復以勾踐故事，申論世間無不可能之任務。

未寫精衛生理生態，卻把此一傳說故事的另一精義發揮得淋漓盡致。

叁玖、蜉　蝣

梅月炎官尚斂威，紛紛此物傍練衣。

撲燈似怕光芒掩，撼樹都忘力量微。

因愛積陰憎景日，逆知將雨洩天機，

未應蟻子渾無援，時至皆能插羽飛。（卷24，頁1316）

此詩作于寶祐四年（1256年）。

梅月，陰曆四月，首二句謂四月炎陽不甚，唯獨小小蜉蝣，沾惹衣衫。

三句謂蜉蝣撲燈不遺餘力，四句說牠有時撼樹，不自量力。

五、六句描述其生態性能。

七、八句以蟻相比，謂物雖微小，插羽便能飛。

此詩對於蜉蝣，似讚似諷，頗堪玩味。

肆拾、蚤

一、梅月為蚤虱所苦各賦二絕蚤之一

劣如針粟大，出沒似通靈。

不但能膏吻，元來善隱形。（卷33，頁1765）

此詩作于景定四年（1263年）。

此二十字，為蚤立傳，已完足無缺矣。

首句詠蚤之小，連用二喻，「劣」字如春秋之筆。

次句謂牠神出鬼沒。

三句說牠噬人的特色。

四句詠牠之神隱。

可謂謔而不虐矣！

二、同題之二

稍出床數上，忽逃衣縫中。

《說文》真有理，字汝曰跳蟲。（同上）

此詩稍補上詩之不足。

首二句乃上詩二、三、四句之發揮。

後二句只是補述牠的別名。

肆壹、蝨

一、同題蝨之一

汝圖膏血飽，吾惜體膚傷。

景略捫差快，宜師撲不妨。（卷 33，頁 1766）

此詩亦作于 1263 年。

首二句實說，兩相對疊，義、文皆然。

三、四句用二典：王猛（字景略）捫蝨對客，宜師撲蝨有功。

用典方便，其藝稍遜詠蚤之一。

二、同題之二

觜利鋒鉆毒，形微膽智麤。

延緣司諫領，遊戲相君鬚。（道鄉戲（魏）了翁，有「衣領
從教蝨子緣」之句，屢游相鬚，用荊公事。）（同上）

首二句直抒，「膽智粗」，是讚亦是貶。

三、四用典，前者已見自注，後者見彭乘《墨客揮犀》卷四：「荊
公、禹玉熙寧中同在相府，一日同侍朝，忽有虱自荊公襦領而上，直
緣其鬚。上顧之笑，公不自知也。朝退，禹玉指以告公，公命從者去
之。禹玉曰：未可輕去，輒獻一言以頌蝨之功。公曰：如何？禹玉笑
而應曰：屢游相鬚，曾經御覽。荊公亦為之解頤。」

用典固巧，詩之生氣稍損。

以上六十七首詠動物詩，共有四十一種動物，大約有以下十種特
色：

一、小大兼顧，一視同仁。

二、近體詩為多，絕律大致各半。

三、注重情趣。

四、時有言外之意。

五、近半有我。

六、多白描，少用比興。

七、時用故典助興或助威。

八、不時透露作者之愛憎喜惡。

九、筆墨簡潔，鮮有例外。

十、多為中上品之作，偶有上品。

第二章　植物詩（上）

　　因爲劉克莊的植物詩特別多，僅僅梅花一種，便有近百作品，故分立三章。

　　本章專論其梅詩。

一、落　梅

　　　　一片能教一斷腸，可堪平砌更堆牆？

　　　　飄如遷客來過嶺，墜似騷人去赴湘。

　　　　亂點莓苔多莫數，偶黏衣袖久猶香。

　　　　東風謬掌花權柄，卻忌孤高不主張。（卷三，頁 162）

此詩作于嘉定十三年（1220 年）。

　　首句破題平易而入神，次句稍平緩。

　　三句之遷客，可囊括許多詩人，如張說、張九齡、蘇軾等。四句之騷人，當指屈原、賈誼。如此二喻，增添梅花多少身分！

　　五句說多，六句詠香，但安排得各有趣致。

　　七八句爲梅諷東風。末句說得曖昧：似謂東風妒忌梅花，故意使之四處飄墜。

二、又一首

　　　　昨夜尖風幾陣寒，心知尤物久難留。

枝疏似被金刀剪，片細疑經玉杵殘。

痛斥山童持帚去，苛留野客坐苔看。

月中徙倚憑空樹，也勝吳兒賞牡丹。（卷三，頁 162～163）

此詩與上詩作于同時。

首句尖風刺眼，次句「尤物」切題。

三、四句略嫌雕琢。

五六句聲色太厲：「痛」、「苛」兩字為關鍵字。

七、八句似將梅花拱抬至牡丹之上，說得精巧。

此詩稍不如上首，略欠溫柔敦厚故也。

此二詩為後村獲謗之作品。前詩「東風謬掌花權柄，卻忌孤高不主張」惹來梅花詩禍。足見古人吟詠之忌諱甚多。克莊一生為人謹慎，但亦不免為筆墨罹謗致災。

三、和方孚若瀑上種梅五首之一

仙翁小試春風手，高拂茅簷矮映窗。

選勝多依巖嶂種，愛奇或併樹身扛。

海山大士寒蒙衲，月殿仙姝夜擁幢。

商略此花宜茗飲，不消銀燭絲纏缸。（卷五，頁 263）

此詩及以下四詩作于嘉定十四年（1221）年秋。

首句之「仙翁」指方孚若，首二句以「小試春風手」喻孚若之種梅屋外。

三、四句細寫栽種的詳情。

五句海山大士即觀音，海山指南海洛迦山。王質〈滿江紅〉有云：「方丈維摩，蒙衲被都齊不省。」喻病不去。擁幢，指擁幢旄。原主角為大將，此處移給仙姝——梅花。

此二句說梅花似觀音，似仙女，蒙衲、擁幢，乃其二種姿態。

七、八句以茗茶品梅，不需其他排場。

六句寫實，二句用喻。

四、同題之二

> 天賜梅花爲受用，繽紛玉雪被層矼。
> 素芳林下超群匹，繁蘂枝頭巧疊雙。
> 隴月照時霜剪剪，澗風吹處水淙淙。
> 主人筆力迴元化，催發何需仗鼓腔？（同上）

首句「天賜」平而奇。次句「玉雪」二喻合一，加「繽紛」而轉活。

三、四句平實寫照：素芳、繁蘂，不嫌其贅。

五句用月光、霜姿爲喻，六句以澗風水聲爲襯。

七、八句譽孚若之詩，可催梅開，不必他求。

五、同題之三

> 瀑映梅花何所似？蚌胎蟾彩浴寒江。
> 夢回東閣頻牽興，吟到西湖始瞽降。
> 雪屋戀香開紙帳，月窗憐影掩書釭，
> 若將漢晉名人比，不是淵明即老龐。（卷五，頁264）

首句命一新題：瀑色似白梅，故「映」字有趣。

次句用二喻陪一喻：蚌胎蟾彩喻梅（白、紅兼有），寒江喻瀑布。

三、四句東閣、西湖俱是勝景之場所，且有憶舊之功能。

五六句雪香、帳，月、影、書迭出，都是烘托梅花者。

七、八句用淵明、漢逸民龐德公。唯此二人，可以比匹梅之德操。

此詩時、地、人、物俱全。

六、同題之四

> 百匝千回看不足，管他急雪滅奔瀧。
> 瑤林錯立明梁苑，寶璐橫陳照楚邦。
> 愛殺嚼芳仍嗅蘂，吟狂哆口更疏龐。
> 曉來翠羽驚飛去，應爲煙鐘樹杪撞。（同上）

首句直說，次句用喻，與二首重複。但「急雪」與「玉雪」畢竟不同。

瑤林梁苑，梁孝王園子是克莊念茲在茲的美景。楚邦美玉，應是宋玉筆下的光景。

五句嚼芳，應為餐菊，是以菊比梅。六句狂吟，又涉及主人方孚若。

翠羽驚飛，更添梅姿，煙樹鐘與鳥撞乎，與梅相值相伴乎？

末二句，尤添全詩風韻。

七、同題之五

欲賦梅花才藻盡，公分生意到枯椿。
鉅題昔只韓聯孟，妙手今唯羿愈逄。
守穀尚煩看杏虎，護花難少吠籬厖。
丹崖翠壁宜揮掃，只要游人筆似杜。（同上）

首句自謙，次句譽方。

三句說韓愈孟郊，四句漫引后羿、逄蒙，後者為師生主臣，但逄叛羿在後，不知克莊為何偏用此二人喻己與孚若！

漢人董奉植杏，於杏林下作簞倉，令人將穀一器置倉中，即取杏一器，每有一穀少而取杏多者，即有三四虎噬逐之。

五、六句謂須有物守護梅花。

七、八句瀑上有崖，崖上有苔，掃之然後遊人可以題詩讚梅也。

始於詩，終於詩，梅亦詩也。

八、乍歸九首之八

手種梅無恙，蒼苔滿樹皴。
可憐開較早，不待遠歸人。（卷六，頁 397）

此詩作于嘉定十六年（1223 年）冬，里居時作。

首句平實破題。

次句以蒼苔為輔為襯。

三四句忽然一轉，謂今年梅已凋去，因為花開太早，人歸稍遲。

淡淡寫來，「可憐」之意郁然。

九、梅花之一

　　鬖鬖瑤姬擁仗來，茅簷化作玉樓臺。

　　平明繞砌圓殘夢，元是梅花數樹開。（卷七，頁451）

此詩作于嘉定十七年（1224年）。

　　首二句用二喻：首喻略似〈和方孚若瀑上種梅〉第一首第六句。

　　三句是全詩關鍵：梅花可以助人圓殘夢，四句點明，乃功德圓滿。

十、梅花之三

　　糝地紛紛著樹稀，歲華搖落慘將歸。

　　世間尤物難調護，寒怕開遲暖怕飛。（同上）

　　首二句寫歲末梅落，「慘將歸」三字尤爲犀利。

　　三句似泛說，仍推許梅爲「尤物」。

　　四句二義：天寒則遲開，太暖則飛謝。

　　人生在世，豈止梅花如此，有益有趣諸事多半如是。

十一、梅花之三

　　籬邊屋角立多時，試爲騷人拾棄遺。

　　不信西湖高士死，梅花寂寞便無詩。（同上）

　　首句寫梅樹之生長地點，「立多時」添趣。

　　二句似謂詩人拾梅詠梅，不同于常人。詩人自是梅之千古知音。

　　林逋乃北宋西湖隱居之高士，亦一代名詩人，「梅妻鶴子」，揚名千古。今已亡故近二百年，但詩人不絕如縷，愛梅者豈在少數，故梅花必不會寂寞也。

　　此詩是賞梅亦是慰梅。人詩梅合一，在于斯乎！

十二、梅花之四

　　昔因冷淡怨年芳，霜滿寒林月滿塘。

　　至白世間惟玉雪，不如伊處爲無香。（卷七，頁452）

　　首二句既寫照梅之霜寒高潔，又微抒冷淡之怨，是耶非耶？

　　三、四句灑開去，又以玉、雪相比：世間至白唯三，而梅獨有香

氣，則亦可謂之鶴立了。

十三、梅花之五

夜來幾陣隔窗風，便恐明朝已掃空。

點在青苔真可惜，不如吹入酒杯中。(同上)

首二句未亮出主角，卻不難料中：

一風掃千梅。

三句說現狀：片片落梅，混雜在地面的青苔中，白、紅、綠兼陳。

但詩人總覺得可惜——它們亦可能在下一剎那遭人踐踏！

四句：不如吹入酒杯中，既助酒漿之清芬，又引雅人之詩興。以此收結五首梅花詩，甚雅甚美。

十四、梅

鄙事關人智淺深，漆堪成器楮堪衾。

自憐到死猶迂闊，純種梅花作墓林。(卷九，頁515)

此詩約作于紹定二年（1229年）。家居時。

首二句泛說人之智慧及創意。漆樹之木材可以作家具或用具，楮木可作衾。此乃略舉二例。

三句一轉，表面上似乎是自謙或自卑之辭，其實未必然也。試問古今詩人，有那幾個不被世俗人視作迂濶者或書呆子？

四句種梅種墓林，不作器物，不作交易品，此舉似拙實雅，可付公評也。

此詩看似不以梅為主角，其實不然：世間不少事物，輕之所以譽之，此一例也。

十五、病後訪梅九絕之一

夢得因桃數左遷，長源為柳忤當權。

幸然不識桃併柳，卻被梅花累十年。(鄰侯〈詠柳〉云：「青青東風柳，歲晏必憔悴。」楊國忠以為譏己。」)(卷10，頁578)

此詩作于紹定六年（1233 年）。

長源、鄮侯皆指唐宰相李泌。

首句說劉禹錫因玄都觀詩得罪貶官，次句詠李泌因詠柳詩開罪楊國忠，其爲文字禍相同。

三句似轉實承，不識桃、柳，乃是夸飾之辭。

四句切入正題：爲梅所累，除前述梅花詩案外，亦指費心、用情於梅，十年猶舉其整數也。

以古喻今、以古人比己，乃詩人慣技，克莊在各類詩篇中都常用此法。

十六、同題之二

> 先生歲晚被人疑，梅畔渾無一字詩。
> 明月清風愁併案，野花啼鳥怕隨司。（同上）

首句自稱「先生」，又提及他所遭遇到的梅花詩案子。

次句自陳從此戒忌，久不作梅花詩篇。

三句更逼進一層：不但不敢再吟梅花，甚至連陪伴梅花的清風和明月，也不敢多詠，因爲怕互相關涉，再成冤案。

四句又增益之：即使其他的野花，以及隨伴的啼鳥，也一一禁諱。

一案之影響，竟至於此。此首詩可以說是一首「反梅花詩」。

十七、同題之三

> 區區毛鄭號精專，未必風人意果然。
> 犬麑不吞舒亶唾，豈堪與世作詩箋？（卷 10，頁 579）

舒亶，北宋奸臣。《宋史·舒亶傳》：「舒亶字通道，明州慈谿人。……元豐初權監察御史裏行，太學官受賂，事聞，亶奉詔驗治。凡辭語微及者輒誅連考竟，以多爲功。加集賢校理，同李定劾蘇軾作爲歌詩譏訕時事。」是東坡烏台詩案主角之一。

首句謂大小毛公及鄭玄是解注《詩經》的專家。

次句說他們用心解說三百〇五篇，卻未必說對了古詩人的心意

及命旨。

三句一轉，痛貶舒亶，謂他品格卑下，即使豬狗，也不願吃他的唾沫。

四句又歸回正題上，舒氏慣於羅織，豈配爲世人作詩箋？

全詩不曾一字說及梅花，仍依循上一首的旨意，恣意發揮。

十八、同題之四

和靖林間欬嗽時，一邊覓句一邊飢。
而今始會天公意，不惜功名只惜詩。(同上)

首句又憶及林逋，「咳嗽」二字，乃無中生有，可說是「謦欬」之代詞。

二句一邊覓句，即隱梅花之意，一邊飢，乃夸飾之修辭。

三句小轉：恍惚大悟。

四句代天公立言：他只愛惜詩和詩人，乃至所吟詠之梅，卻不在意浮世之功名富貴。

這首詩爲天下純詩人張目，也爲隱身詩人後的梅花張揚。

十九、同題之五

老子無糧可禦冬，強鳴飢吻和寒蛩。
舍南舍北花如雪，止嚥清香飽殺儂。(同上)

首句自稱「老子」，猶辛棄疾之愛自稱「乃公」。無糧云云，乃自嘲之誇張語。

二句謂詩人窮而鳴，如與寒蟲相唱和，仍是自嘲兼自詡。

三句大肆渲染冬日之寒景。

四句畫龍點睛：謂只要有四溢之梅香，便可飽餐一頓，一無所憾矣。

這是借梅自供。

二十、同題之六

與梅交絕幾星霜？瞥見南枝喜欲狂。

便欲佩壺攜鐵笛，爲花痛飲百千場。（同上）

首句仍老話重提：因梅花案與梅絕交或絕緣多年，不計其時日。

二句寫重見梅開之喜悅情狀。

三句攜壺帶笛，且飲且嘯。

四句更增益其勢：「痛飲百千場」，何爲？爲花，爲梅花！

此詩起承轉合，如響斯應，令人讀之，欲隨後村浮一大白。

二十一、同題之七

一聯半首致魁台，前有沂公後簡齋。

自是君詩無警策，梅花窮殺幾人來？（同上）

沂公，指王曾（978～1038 年），累拜同中書門下平章事，封沂國公。微時詠梅花曰：「未須料理和羹事，且向百花頭上開。」又曰：「平生志不在溫飽。」

簡齋，指陳與義（1090～1138 年），紹興七年拜參知政事，爲江西詩派三宗之一，曾賦墨梅詩，因而見知於宋徽宗。

克莊又在宋代詩壇中挑出二人，一爲宰相，一爲副宰相，一北宋，一南宋初，同以詠梅著名。首二句謂自己一吟半詠，因屬梅花，故欲獻給兩位已過世多年的風雅前輩，視二人猶和靖也。

三句自稱「君」，自謙詩弱。

四句巧爲之說：梅花能窮人，更能窮詩人。

欲加之罪，何患無辭？不過此罪非彼罪。乃至高之風雅！

二十二、同題之八

春信分明到草廬，呼兒沽酒買溪魚。

從前弄月嘲風罪，即日金雞已赦除。（同上，頁 580）

首句謂今年春天已到來。「分明」著力而輕快。「到草廬」，又顯寒貧之相。

二句買酒烹魚以迎春。

三句再度提及因梅花詩犯過之往事，卻稍稍隱諱其辭，謂之「風

月罪」。

　　四句謂天子已赦免其罪。

　　言外之意，如今已可大自在，已可重新吟風弄月，吟梅成詩了。

　　此詩可謂「不著一字，盡得風流」。

二十三、同題之九

　　　　菊得陶翁名愈重，蓮得周子品尤尊。

　　　　從來誰判梅公案？斷自孤山迄後村。(同上)

　　首句說陶淵明愛菊，「採菊東籬下」可爲鐵證。

　　次句詠周敦頤之愛蓮，〈愛蓮說〉是憑據。

　　三句一轉，實爲承。可以解作前二句之陶公、周子，均爲後二句
之梅詩及林、劉作引子。

　　三句一問之後，自有四句之答。

　　林逋無庸多言矣，克莊前後寫了一百多首梅花詩，在此亦當仁不
讓。

　　以此爲九首押陣，誰曰不宜？

二十四、梅花十絕，答石塘二林之一

　　　　縱賞梅園彼一時，枝頭往往掛參旗。

　　　　可憐鐵漢今衰颯，榾柮爐邊自煅詩。(卷17，頁965)

此詩與以下諸作皆淳祐十年(1230)十二月所作。共百首梅花詩。(恐
非一時之作。)

　　此時以大蓬即秘書監被召，克莊以丁憂未除服辭官。

　　二林，指克莊妻兄林公遇之二子，林同、林合。

　　參旗，《晉書‧天文志》：「參旗九星在參西。」

　　首句謂昔年己在梅園，日夕賞梅。

　　次句以參旗星比喻星星點點之盛開梅花。

　　三句自嘲自憐：吾老矣。以「鐵漢」自稱，亦猶「老子」、「乃
公」。

　　四句退而在爐邊吟詩。不說吟，而說煆，乃湊合榾柮爐意象。

二十五、同題之二

　　　　東鄰安得如渠白，西域何曾有許香？

　　　　蘇二聰明眞道著，杏花恐不敢承當。（同上）

蘇東坡行二，黃山谷曾以此稱之。其詩云：「題詩未有驚人句，喚取
謫仙蘇二來。」

　　此詩首句謂梅花的東鄰杏花，不如梅花之雪白。

　　二句謂西方亦無如此芬芳之花朵。

　　三句指蘇軾曾吟梅，譽之甚深。

　　四句又歸到杏花不如梅花一義上。

　　不僅杏花，李花、杜鵑等春花亦稍遜色也。

　　此詩借古人語以表彰梅花。

二十六、同題之三

　　　　無梅詩興闌珊了，無雪梅花冷淡休。

　　　　懊惱天公堪恨處，不教滕六到南州。（同上）

此詩串連了天地間三宗雅物：詩、梅、雪。

　　首句詩依梅。

　　次句梅倚雪。

　　三句一轉，怪罪老天無情無義。

　　四句抬出雪神滕六來，天不教祂降臨南州：莆田無雪，則其地之
梅亦爲之減色不少，詩人吟梅而不見雪，亦掃興不鮮。

　　雪爲梅魂，缺乏乃大憾。

二十七、同題之四

　　　　薔藥無情自紫紅，白頭閣老去匆匆。

　　　　林間翠羽偷相語，可是梅花累此翁？（同上，頁966）

　　首句以紫紅色之薔薇、芍藥爲比，偏說它們「無情」。

　　次句以「白頭閣老」自稱，謂面對薔薇、芍藥之類的紫紅花朵，

不願一顧。按芍藥有白色、紅色等數種。

三句故意借林中翠鳥代人發問。

四句：梅花可曾拖累此老？

答案是，亦不是。是，因爲有梅花詩案在前；不是，因爲克莊天生愛梅，心甘情願，故不可曰梅花累我。

然而一切盡在不言中。

二十八、同題之五

少狂籍草共追歡，鐵笛橫吹到夜闌。

老怕畫簷風露冷，不如吹燭隔窗看。（同上）

首句憶昔。

次句增補。

三句一大轉：如今吾老矣，怕室外風露，怕長夜寒冷。

四句正寫現狀：吹燭以照明，隔著紗窗看視窗外的梅花。

妙在全詩未著一梅字。

二十九、同題之六

塞北寒梅要笛催，更憑畫鼓奪春回。

江南氣候閩尤暖，只用詩催也自開。（同上）

此詩以催梅早開爲主題，說得絕妙，使讀者不禁發會心之一笑。

首句明說北方梅花，需要笛聲來催它綻放。

次句更用畫鼓助威助興。

三句一轉，回到福建來，正是克莊家鄉，久居之地。

四句畫龍點睛：閩梅較易伺候，也許因爲天候較暖，所以不用笛、鼓亦可，一詩即可催放。

笛乎，詩乎，寧有高下之分！克莊此詩，不過故作狡獪之辭耳。

三十、同題之七

斧殘留得半株斜，相對微吟到暮鴉。

堪歎病翁無綺語，不如枯樹有琪花。（同上）

首句謂有人殺風景，砍去半株梅樹。

次句謂詩人對此，疼惜不已，故對之微吟，一直到暮色下垂。「暮鴉」表時，亦一詩伴、梅侶也。

三句自謙自憐：「鐵漢」如今已變成「病翁」了。「綺語」實爲「佳詩」、「妙語」之代稱。

四句謂半斜之梅樹，尚殘存若干如琪如玉如仙之花，足堪欣賞，足以欣慰。又按：「琪花瑤草」，本指仙界之花草。

以花比己，己必居下風也。愛花人每每如此。

三十一、同題之八

丁寬與〈易〉俱東去，神秀離禪作北宗。

天恐孤山無種子，一枝分擘付寒翁。（同上）

丁寬，漢興，田何授數生，中有丁寬，著《易》數篇，字子襄，梁人。寬學成東歸，何謂門人曰：「易以東矣。」

神秀，原姓李，汴州尉氏人。隋末爲僧，師事蘄州雙峰山東山寺僧弘忍，忍卒後居當陽山。天下謂神秀爲北宗，其同學慧能爲南宗。

首句用丁寬，次句運神秀，一東去，一北往。

以此二句烘托南方之孤山。孤山其實在杭州，但爲了梅花之緣，克莊自許爲林逋傳人，在南方傳梅教，故有三、四兩句。

不著一梅字，梅姿梅香若見若聞。

三十二、同題之九

有香影處即追攀，豈必西湖水月間？

若問何人傳此訣，後村翁授小孤山。（同上，頁967）

首句寫盡梅癡之形跡，次句續成之。仍是由林逋一脈興起。

三句故設一間。

四句仍如前首，以和靖傳後村。但運用了倒裝句以合韻，卻別有風致。

三十三、同題之十

> 翁與梅花即主賓，月中縞袂對烏巾。
>
> 不知衛玠何爲者？舉世推他作玉人。（同上）

這首是十首中壓軸之作，故首句即作一明確的宣示：翁（克莊）是賓，梅花是主——反過來也說得通。

次句本爲完足前句之意涵，卻因縞袂（白梅色）及烏巾（克莊形）之對比和對映，形成一幅有趣的圖畫。

三句突然如天外飛來，引用了晉代美男子衛玠的典故：衛玠從豫章（今江西省南昌市）至下都，人人聞其名，觀者如堵。玠先有羸疾，體不堪勞，遂成病而死。時人謂看殺衛玠。少時曾乘白羊車出洛陽市上，眾咸曰：「誰家璧人？」

三、四句一問一答，用「不知」起興，卻是硬用梅花比下衛玠來。

克莊下筆老辣，卻又不失溫柔敦厚。

三十四、二疊之一

> 晚作園翁自荷鋤，春風乃肯到吾廬。
>
> 且須著意憐芳潔，才說和羹俗了渠。（卷17，頁969）

此下十首與前十首作于同時。

首句平鋪直敘，但因二句踵隨，「春風乃肯」，使「園翁」生色。

三句說出主題，荷鋤乃爲憐芳，種梅、培梅。由此可以回溯次句：春風即梅。

以梅鹽和羹，固是梅之一用，然涉及口腹之欲，自然便俗矣。四句稍補三句句意。

三十五、同題之二

> 生在荒山野水旁，可曾倚市更窺牆？
>
> 幽妍醜殺施朱女，高潔賢於傅粉郎。（同上）

此首正面詠梅。

首句詠梅之生長地，著重「荒」「野」二字。

次句乃否定句，卻用反問句展現。倚市賣俏，窺牆招蜂。

三句復正寫：施朱之女，如牡丹、杜鵑、玫瑰等，而梅花幽靜雅妍，足以超越眾姝。

四句傅粉郎，應指何晏：夏日面瑩白，魏明帝疑其傅粉，食熱湯餅，大汗出，以朱衣自拭，色轉皎然。見《世說新語・容止》。

但這裏是反用其典。

四句全寫梅之雅潔，甚爲勻稱。

三十六、同題之三

> 漢魏諸賢韻已卑，六朝人物復何爲？
> 平生老子羞由徑，不識蟲兒與玉兒。（卷 17，頁 970）

蟲兒、玉兒，見《南史・恩倖傳》：「茹法珍，會稽人。梅蟲兒，吳興人。齊東昏時並爲制局監，俱見愛幸。自江祏始安王遙光等誅後，及左右應敕捉刀之徒，並專國命，人間謂之刀敕，權奪人主。」《南史・王茂傳》：「時東昏妃潘玉兒有國色，武帝將留之，以問茂。茂曰：『亡齊者此物，留之恐貽外議。』帝乃出。……及見縊，縶美如生。」

首二句大言炎炎，十個字將漢晉以來人物全部一筆勾銷。所爲何來？爲梅。

三、四句復推波助瀾。三句所謂「羞由徑」，表面上是說行不由徑，其實是引發四句：不隨世俗，不理會人間寵人——以一男一女爲代表，皆所謂玉人也。

所爲者何？爲梅花留大幅空間！

如此留白技巧，不遜唐宋明清畫家。

三十七、同題之四

> 浮休歎柳斫爲薪，子美憐梅傍戰塵。
> 只願玉關烽燧息，老身長作看花人。（同上）

張舜民字芸叟，號浮休居士，〈歎柳〉詩，杜甫〈憐梅〉詩，均未見于其集中，不知何故。「兩京梅傍戰塵開」，乃陸游〈曳策〉中詩句，

不知是否克莊一時記錯。

據詩意：柳樹被斫作柴，乃佛頭著糞、焚琴煮鶴之行爲；梅傍戰場開，亦令人不捨。

二句乃主位，一句是賓襯。

三句乃順勢而下，詩人一心祈求和平。

四句補足之，但願「長作看花人」。「老身長作看花人」乃是劉克莊諸首梅花詩中最有宣示意味的一句。

看花可不限種類，但梅是主角。

三十八、同題之五

　　環子麗華皆已美，謫仙狎客兩堪悲。

　　懸知千載難湔洗，留下沉香結綺詩。（同上）

環子指楊玉環，李白〈清平調〉有「沉香亭北倚闌干」之句。麗華指張麗華，狎客指江總等。陳叔寶於光昭殿前築臨春、結綺、望仙三閣。後主自居臨春閣，孔貴人居望仙閣，張貴妃居結綺閣，並複道往來。婦人麗質巧態以從者常千餘人。張等八人侍坐，尚書令江總、孔範等十人侍宴，號曰狎客。上令八婦製五言詩，十客和之，遲則罰酒。

此詩首二句並詠二事：美人詩人共吟詩，克莊視之爲千古悲情。

三、四句更見鋒鋩，謂沉香亭詩、結綺閣詩，皆爲千年恥辱，難以洗清。

四句全說古人古事，唯似皆與花有緣。

言外之意是說：他們都不如梅花高潔，亦不如愛花人後村清高。

三十九、同題之六

　　百卉凋零獨凜然，谷風栗烈澗冰堅。

　　陰山餐雪有臣節，中野履霜無母憐。（同上）

陰山餐雪，指蘇武在匈奴牧羊守節一事。韓愈作〈履霜操〉：「父兮兒寒，母兮兒飢。兒罪當笞，逐兒何爲？兒在中野，以宿以處，四無人

聲，誰與兒語？兒寒何衣？兒飢何食？兒行於野，履霜以足。母生眾兒，有母憐之。獨無母憐，兒寧不悲？」

此詩作法頗爲特殊，可謂獨出心裁。

　　首句寫梅姿，已盡題意。

　　次句以谷風澗冰反襯其堅貞。

　　三句以蘇武烘托之。

　　四句以逐兒哀鳴反托之。

　　梅是貞卉，梅不求憐。

　　在克莊心目中，梅花是天地間一大恩物，一大尤物，一大貞物，一大偉物。吾人今以梅爲國花，豈非後村已發先聲於八九百年前？

四十、同題之七

　　暮年鼻塞等薰蕕，高摘濃薰兩罷休。

　　奴折長枝汲薪水，老夫不復置香籌。（同上）

此詩說來有些弔詭。

　　首句自抒：老來鼻塞（疑患慢性鼻竇炎），所以難以分辨香臭。

　　次句謂因此不再向高枝上摘取花朵。

　　三句一轉：似乎由奴僕代勞，折梅花，汲水養花。

　　四句說因而我不再置備香籌（香籠也），聽憑奴僕安排。然則他仍能聞到梅香！

　　此詩頗得吞吐之妙。

四十一、同題之八

　　看來天地萃精英，占斷人間一味清。

　　喚作花王應不忝，未應但做水仙兄。（同上，頁 971）

　　首二句直接宣示梅花的尊貴地位：「萃精英」，主語是「天地」；占斷一味清，亦爲整個人世間。

　　三句更順水推舟：花王不應屬于牡丹或薔薇，而應用以喚梅。

　　四句由黃庭堅〈王充道送水仙花五十枝欣然會心爲之作詠〉：「山

礬是弟梅是兄。」引發而來。

其實作水仙之兄，亦無損于梅之身價！

後村于梅，其欣賞愛慕之情，無以復加，可譽之為天下第一愛梅人，與淵明之愛菊、濂溪之愛蓮，鼎足而三。

四十二、同題之九

嘔出心肝撚斷髭，籬邊沙際動移時。

耕奴竊笑翁迂闊，因斸梅詩忘午炊。（同上）

首句說李賀苦吟，母說：「是兒欲嘔出心肝已耳！」又盧延讓〈苦吟詩〉：「吟成一個字，撚斷數莖鬚。」，俱言詩人苦吟之甚。

次句指示吟詩之時機——移植梅花時。

主語何在？三句已暗示了：是「翁」，是我。

三句之耕奴，即指第二人，局外人。

四句交代竊笑之具體內容：我迷於植梅培梅，竟忘了進食午餐了。

此詩可愛處即其可笑處，可笑處即其高雅脫俗處。

後村梅詩，不止讚梅，亦兼譽己於不知不覺中。

四十三、同題之十

錦囊玉笛昔追從，度曲聯詩雪月中。

老樹梅花無意味，欠詩欠笛欠花翁（謂孫季蕃。）。

首句之受語應即末句之花翁——孫季蕃號。

次句補足之：笛、曲、詩俱全；背景為雪地白色。

三句乃逆述句，必須先看四句：若無詩，若無笛音，若無花翁相伴，則老樹梅花雖美，亦將變得缺乏意味了。

此詩乍看似貶梅，其實仍是為梅添興。

四十四、三疊之一

唐時才子總能詩，張祐輕狂李益癡。

管甚三姨偷玉笛，誆他小玉寫烏絲。（卷17，頁973）

此十詩大致亦作于同時。

　　張祐字承吉，不仕，大中中卒。李益亦中唐詩人，與李賀齊名，
少癡而妒。唐玄宗寵楊玉環姊妹，封大姨爲韓國夫人，三姨爲虢國夫
人，八姨爲秦國夫人，皆月給錢十萬爲脂粉之資。天寶九載二月，上
與兄弟共處五王帳。妃子竊寧王紫玉笛，張祐詩曰：「梨花靜院無人
見，閒把寧王玉笛吹。」烏絲欄，宋亳州紙有織成界道，謂之烏絲欄。
蔣防作〈霍小玉傳〉，云：取朱絲縫囊中，出越姬烏絲欄素緞三尺以
授李生，生多才思，援筆成詩。李生即李益。

　　此四句並用二典，且涉及二位中唐詩人。

　　表面看來，此詩與梅花無關。大約是借美人（三姨、小玉）暗喻
梅花之多姿。二玉皆梅也。

四十五、同題之二

　　　銀燭千枝插樹頭，燭光花氣半空浮。

　　　人間富貴眞珠室，天上通明白玉樓。（卷 17，頁 973）

此詩以白燭千枝比喻百樹梅花。「燭光」、「花氣」，喻依與喻體合而爲
一。

　　三句講燭，又用眞珠爲旁喻。

　　四句說梅，又用白玉爲輔喻。

四十六、同題之三

　　　群玉峯頭玉帝家，橋邊池上玉橫斜。

　　　白頭老監今留落，曾領群仙共賞花。

　　首二句全用白玉喻梅花。一說來源，一寫景象。

　　三句自謙兼自嘲。

　　四句因賞花而自尊自詡。

　　此詩中克莊自稱「白頭老監」，亦甚貼切，白頭更可配襯白梅。

四十七、同題之四

　　　瓦瓶側畔設蒲龕，縱有推敲緊閉庵。

何遜諸人俱謝去，只饒和靖作同參。(同上)

吟完室外之梅，再吟室內插在瓶龕中的梅。

二句謂閉門自賞。

三句以風雅詩人何遜、庾信爲古之知音。

四句以林逋爲同賞之知己。

和靖雖逝，猶在眼前，蓋有梅爲媒介也。

四十八、同題之五

半卸紅綃出洞房，依稀侍輦幸溫湯。

三郎方愛霓裳舞，珍重梅妃且素妝。(卷17，頁974)

此詩借楊貴妃及梅妃二人的不同體態風格比喻紅梅與白梅。

首句妙在「半卸」，次句好在「依稀」，全寫楊妃風情，全不著梅字。

三句仍說寵楊。由此過渡四句之梅妃。

四句才「珍重」起素妝愛梅的梅妃來。梅妃本姓江，因愛梅成性，故稱之爲梅妃。此處克莊遂以她代表——象徵白梅。

四十九、同題之六

春意萌于肅殺中，玄冥信有幹回功。

東皇太一無情甚，吹去才消幾陣風。(同上)

春來多去，首行述焉。

次句承之，謂造化自有妙手回春之術。

三句說東風，「無情甚」三字，實自梅花立場發言。

四句謂風吹梅落，輕而易舉。

此詩是爲梅花凋落怪罪東風，恐怕兼及造化。

五十、同題之七

曲徑無塵聊席地，小亭有月即憑欄。

此翁雖老猶高致，不但能評黑牡丹。(同上)

黑牡丹：蘇軾〈墨花〉：「獨有狂居士，求爲黑牡丹。」辛棄疾〈同杜叔高祝彥集觀天保庵瀑布主人留飲兩日且約牡丹之飲〉：「莫因紅紫傾城色，卻去摧殘黑牡丹。」黑牡丹爲稀有珍品。

首句席地而坐，次句憑欄而賞。

三句又自稱「此翁」，自詡猶有「高致」。

四句謂我能遍賞名花，不止牡丹，梅尤吾之首選。末句話沒說出口而已。黑白對峙尤妙。

五十一、同題之八

脂粉形容總未然，高標端可配先賢。

不陪嚴子羊裘後，即傍王郎麈尾邊。（同上）

首句謂脂粉不足以形容梅花。

次句謂梅之品格高貴可比先賢。

三句用嚴光著羊裘垂釣典，四句用王羲之清談高風典。

用二古人釋「先賢」之「高標」，卻未落跡描寫梅貌梅姿，可謂「不著一字，盡得風流。」

五十二、同題之九

濡墨先愁染素衣，和鉛亦恐涴冰肌。

後村老子無聲畫，壓倒花光與補之。（同上）

花光，花之光彩也。李白〈寄遠〉：「一夜望花光，往來成白道。」補之，晁補之，北宋詩人。

濡墨欲畫，恐染素衣，謂恐不能盡得梅花之神韻也。

次句亦同此意。

三句自稱「後村老子」，有自尊自詡意，「無聲畫」，宋人喜以此稱詩。

四句是說吾詩壓倒花色，亦勝過補之。補之《雞肋集》中有〈道旁看花〉三首、〈開梅山〉一首涉及梅花。

此詩乃純粹自譽其梅詩之作品。

五十三、同題之十

　　　早知粉黛非眞色，晚覺雕鑴損自然。

　　　天巧千林均一氣，人癡一葉費三年。（同上，頁975）

此詩不但說梅花風韻天然，人畫之遠不如眞花，且更順便發揮他的文學藝術觀：自然爲上。

　　前二句一氣貫下，說天然遠勝人工。

　　三句總綰前說，天巧千林一氣，甚爲渾成。

　　四句故意編排：畫家痴心，一葉要花三年才畫成。此或用唐人賈島「二句三年得」而化之。

　　四句全部對仗，更增氣韻。

五十四、四疊之一

　　　帝恐先生歲晚貧，清晨頒瑞到幽人。

　　　巡簷已覺成銀屋，糝地猶堪作玉塵。（卷17，頁976）

首二句乃虛設之辭。克莊其實不貧，天帝其實未必有空管閒事。但梅花爲祥瑞物，「先生」爲「幽人」，故得之而喜，乃假設是天之所頒。

　　三句寫屋簷前的梅花。

　　四句詠落梅于地，猶似玉塵。

　　二喻俱凡，但在前二句之下，便覺不平凡矣。

五十五、同題之二

　　　海山大士素中單，鸚鵡前驅不怕寒。

　　　只在屋東人不識，善財錯去禮旃檀。（同上）

首句謂觀音大士向來獨來獨往。

　　次句謂以鸚鵡爲前導。鸚鵡有全身白色者。

　　善財，〈法界觀〉一卷，唐僧杜順撰，敘善財童子參五十三位善知識，經文廣博，罕能通其說。旃檀，香木。

　　此處用善財，乃泛取童子義。謂童子無知，故不識近在房屋東邊的梅花，卻別去禮拜檀香木。

回顧首句，克莊之意乃謂：梅花梅樹，乃觀音菩薩化身示現也。

五十六、同題之三

> 草户柴門野老店，恍然疑執化人裾。
> 不知身在花陰臥，但見亭台似積蘇。（同上）

首句寫梅花所栽處的背景。

次句用人裾爲喻，詠白梅也。

三句用恍惚之筆，身臥花蔭而不覺。

《列子‧周穆王》：「王俯而視之，其宮榭若累塊積蘇焉。」四句全用此一文典。

此處之積蘇，當指繁花。

全詩似眞若幻。

五十七、同題之四

> 抹塗元不加眞色，凋謝猶當易美名。
> 天下斷無西子白，古來惟有伯夷清。（同上）

首句「加」字疑爲「如」之訛誤。

首句意指人工之畫遠不如天然之梅。

次句謂梅凋後淒零不似生前，似不當其美名。

三、四句用二典如同二喻，但卻是反用：

天下之白，西施第一，梅亦如之。

古今之清，伯夷叔齊第一，梅堪匹之。

五十八、同題之五

> 偶捉塵揮尤有韻，不須犀辟自無塵。
> 早聞玉振眞名士，古說冰膚是至人。（卷17，頁977）

首句以塵尾之白潤比喻白梅。

次句犀辟，疑即犀照。不須光照，自然無塵潔淨。

一喻之後，再加一現成成語：「金聲玉振」之名士，以譬梅花。

四句更用莊子之至人神人爲喻。

名士、至人，合而爲一，梅之至尊至貴，不言而喻。

五十九、同題之六

狩獲祥麟而史作，夢吞白鳳以玄成。

吾詩豈得無佳瑞？枝上啁嘈翠羽聲。（同上）

首句用麟喻梅。

次句以鳳譬梅。

三句引回到自己身上。

四句用翠鳥交代，以聲輔形。

又是一字未著梅身！

六十、同題之七

愁見當時玉鏡臺，返魂無訣可勝哀。

暮年尚有餘情在，月下迢迢挈影來。（同上）

《世說新語‧假譎》：「溫公喪婦，從姑劉氏家值亂離散，唯有一女，甚有姿慧。姑以屬公覓婚。公密有自婚意。……卻後少日，公報姑云：『已覓得婚處，門地粗可，婿身名宦，盡不減嶠。』因下玉鏡臺一枚，姑大喜，既婚，交禮，女以手披紗扇，撫掌大笑曰：『我固疑是老奴，果如所卜。』玉鏡臺是公爲劉越石長史北征劉聰所得。」

首句以玉鏡臺喻梅。

次句謂梅凋返魂無術。

三句自抒。

四句詠月下携梅而歸。

有梅無梅，克莊心中，固千情百慮。

六十一、八疊之六

帶雨折來如有恨，被風吹去最關情。

面垂玉筯居然白，身著鉢衣真是白。（卷17，頁979）

首句寫雨中梅。

次句寫風中梅。

三句以玉淚喻梅。

四句以白衣喻梅盆。

亦抒亦喻，一片輕清潔白。

六十二、八疊之七

典型堪受百花朝，風政宜爲萬世標。

齧雪節剛難屈膝，拈花法妙願埋腰。(同上)

首二句合言之，乃謂梅花爲群花之王，之模範，不論其品格、其風韻皆然。

三句又用蘇武典，取其節操，取其北海白雪之形象。

四句以佛祖拈花示道、惟迦葉大士點頭微笑、眞契心旨之典，謂梅花之風範足以使人折腰匍伏。

四句均對仗，後二句尤工巧。

六十三、同題之八

宋台未了又齊台，有扇應難障彥回。

歲晚玉人在空谷，何當羞面見人來？(同上)

彥回，褚淵字，一日入朝，以腰扇遮日。劉祥從側過曰：「作如此舉止，羞面見人，扇障何益？」淵曰：「寒士不遜！」見《南齊書·劉祥傳》。

首句謂由南宋到南齊二朝，次句說如褚淵者羞面欲遮，有扇無用。譏人改朝換代，有官照做，不知廉恥也。

三四句由上面的典故一轉到自己身上：自爲玉人，何必羞面不敢見人？

全詩未一字及于梅花，蓋以己爲玉人，玉人即喻梅花。梅之風致，即己之人品也。

六十四、同題之九

　　　　通宵璧月迷瓊樹，破曉霜葩糝玉枝。

　　　　明豔能花老夫眼，溫柔不粟美人肌。（同上）

　　首句以瓊樹喻梅樹，以璧月烘托之。

　　次句改換時間，又以霜、玉喻梅。

　　三句復改用形容詞「明豔」描寫梅姿。

　　四句寫其溫柔，似美人玉膚，不起一點皺斑粟紋。

　　四句三是用喻，一句抒及于我。

六十五、同題之十

　　　　不曾解佩獻明璫，莫比徐妃與壽陽。

　　　　五出至今污宋史，半妝當日怨蕭郎。（同上）

　　首句仍把梅比作美女。

　　次句以下用徐妃、壽陽公主典故。《南史‧梁后妃下》：「元帝徐妃諱昭佩，東海郯人也。……妃無容質，不見禮。帝三二年一入房，妃以帝眇一目，每知帝至，必為半面妝以俟，帝見則大怒而出。」《太平御覽》卷三〇：「宋武帝女壽陽公主，人日臥於含章殿簷下，梅花落公主額上，成五出花，拂之不去。皇后留之，看得幾時。經三日，洗之乃落。宮女奇其異，今梅花妝是也。」

　　二句一轉：三、四句解說之。五出梅花何嘗污宋史，三句只是反說。徐妃半妝，乃怨元帝眇目，其「怨」自見。

　　看來徐妃故事只是襯托壽陽花容。

　　用典說梅，本是克莊一技，此詩卻說得乏味。

六十六、九疊之一

　　　　商略紅兒何足比？丁寧青女不須嗔。

　　　　故橫瘦影禁持月，時送微香漏洩春。（卷17，頁980）

紅兒：羅虬善詩，與同姓隱、鄴齊名，號三羅。避亂往鄜州依李孝恭，有官妓紅兒善歌，虬為絕句詩百篇，令歌之，號〈比紅兒〉詩。以百

物比擬紅兒而作，詩大行於時。

首句以羅虬詩比自己之詠梅，次句謂詩人叮嚀霜神，不須發威。青女亦可解作倩女，在此可視作一語雙關。

首二句同為梅花添聲色。

三、四句乃正詠梅之風姿及氣味。

全詩色香俱全。

六十七、九疊之二

　　翠袖佳人寒倚竹，素衣仙子盡看花。

　　村墟忽有殊尤觀，茅屋俄成富貴家。（同上，頁 981）

首句暗用杜甫〈佳人〉句意，用竹襯梅。

次句以仙子應佳人，而梅在其中焉。

三句寫出梅花綻放處。

四句謂梅花使鄉野茅屋頓時粧點成富貴人家的宮室了。

「殊尤觀」三字，可視作全詩關鍵語。

六十八、九疊之三

　　蒼頭呵欠納詩卷，赤腳髻收藥鐺。

　　惟有小窗一枝影，夜寒不睡伴先生。（同上）

首二句寫克莊自己的家居生活；蒼頭收詩收藥。

二句描寫蒼頭，四字入神。

三句承而復轉：蒼頭已睡，更有何人？有，窗外梅影。

四句先說夜寒——梅花不怕夜寒。後說「不睡」，梅花入夜不眠。

然後畫睛：「伴先生」。

此詩用擬人法而效果卓然。

六十九、九疊之四

　　貴家選色斛量珠，洗盡鉛華絕代無。

　　老子效顰聊復爾，名崑崙嬋作瓊奴。（同上）

喬知之〈綠珠篇〉:「石家金谷重新聲,明珠十斛買娉婷。」謂石崇居金谷園中,以重金買得歌妓綠珠為妾。

　　首二句即詠綠珠,二句謂綠珠國色天成,不假脂肪,而為絕代佳人。

　　陳後山見永安驛廊東柱有女子題五絕云:「無人解妾志,日夜渾如醉。妾不是瓊奴,意與瓊奴類。」後山哀之,作一七絕:「桃李摧殘風雨新,天孫河鼓隔天津。主恩不與妍華盡,何限人間失意人。」瓊奴,姓王,郎中幼女,失身於趙奉常家,為主母凌辱,道出淮上,書其事於驛壁,見者哀之。

　　後二句謂我欲效古人之顰,改崑崙婢為瓊奴。意指以佳人為名花。

　　四句合吟二事二人,意均在言外。

七十、九疊之五

　　薄薄中單掩塞酥,不知眉黛有愁無?

　　微顰莫是嘗梅子?好事訛為齒痛圖。(同上)

全詩以一佳人為主體,或為梅妃者流,食酥而顰,或食梅子,或罹牙痛,一顰以貫之。

　　以此喻嬌貴之梅花。

七十一、九疊之六

　　國色名花俱絕代,玉人甘后本雙身。

　　勸君薄薄施朱粉,莫遣名花妒玉人。(同上)

甘后,劉備之皇后,沛人,身長而體貌特異,至十八歲,玉質柔肌,態媚容冶。先主召入白綃帳中,戶外望者,如月下聚雪。河南獻玉人高三尺,乃取玉人置后側,晝則講說軍謀,夜則擁后而玩玉人。后與玉人潔白齊潤,觀者殆相亂惑,嬖寵者非惟嫉于甘后,亦妒於玉人。

　　首句又重複克莊梅花詩一大主題:佳人與名花互相映照,同稱絕代。

　　次句巧用甘后、玉人之典。甘后為梅乎,玉人為梅乎?皆是。雙

身猶一體也。

三句之「君」是誰？梅乎，佳人乎？殊不易辨察。

其實重要的是四句：佳人、名花莫相妒。

兩皆貴重，何妒之有？

七十二、九疊之七

名見〈商書〉又見《詩》，畹蘭難擬況江蘺。

靈均若要群芳聚，卻怪《騷》中偶見遺。（同上，頁982）

首句謂梅花之名，既見于《尚書》之〈商書〉，又見于《詩經》。

次句說蘭花、江蘺都不如梅。

三句一轉，說屈原若聚合百花，四句點出主旨：你在〈離騷〉中獨漏了梅花！

這首詩儼然代梅花向屈子抗議，以此張揚梅花的不凡聲價。

其實屈原詠花處，皆為象喻，非關賞鑑。克莊亦未免太雞婆了。

七十三、九疊之八

門戶重重繡幕遮，十分國豔屬侯家。

誰知蔡琰燕山北，愁聽胡笳對雪花。（同上）

此詩首二句儼然將梅花當作富貴家的植物。

三句一轉：蔡琰流徙北方胡人之所，卻與梅愁對雪花，此處之胡笳，猶前若干首之笛。

佳人、梅花、雪花、胡笳，好一幅人間淒清圖！

前二句實反襯後二句也。

七十四、九疊之九

和靖終身欠孟光，只留一鶴伴山房。

唐人未識花高致，苦欲為渠聘海棠。（同上）

唐人黎舉云：「欲令梅聘海棠、橙子，臣櫻桃及以芥，嫁筍，但恨不同時。」

首句石破天驚，幻思入神。蓋林逋終生不娶，以梅為妻，以鶴為子。不似梁鴻之得娶賢妻孟光，舉案齊眉。

次句只言鶴省略梅，盡在不言中。

三、四句用黎舉典，責備唐人多管閒事，為梅聘海棠為妻，殊不知梅花自己有歸宿了。

戲語足以解頤，而梅之身價，仍高莫可及。

七十五、同題之十

新詠平生陋玉台，梨園以後更堪哀。

寧隨太白金鞍去，莫放花奴羯鼓來。（李白有「笑坐金鞍歌落梅」之句。）（同上）

按李白〈襄陽歌〉有云：「千金駿馬換小妾，笑坐雕鞍歌〈落梅〉。」

首二句謂吾生平不欣賞《玉台新詠》，而梨園之歌曲，亦不入耳。首句為部分倒裝句。

三句謂寧受李白歌詠，不願入胡人歌曲。

此是代梅尋覓詩家或婆家。

七十六、十疊之一

才得幾朝渾折徧，只消一霎又吹空。

使曾學舞能迴雪，便不為台與避風。（卷17，頁984）

此下十詩作于淳祐十年（1230年）。

首句謂梅開之時日不長，折梅者乘時而動，才費幾日，便折徧繁花矣。

次句謂梅凋花落，只費一霎時。此種現象，頗似曇花，尤似櫻花。

按古今詩人詠婦人者，多以歌舞為稱。弘執恭〈觀妓〉詩：「合舞俱回雪，分歌共落塵。」又漢成帝常以秋日與趙飛燕戲于太液池。每輕風至，飛燕幾欲隨風入水，帝以翠縷結飛燕之裾。今太液池尚有避風台，即是飛燕結裾之處。

三、四句合詠二事，謂善舞若迴雪之佳人，固不必為之結裾避風也。

其實後二句正在描寫梅花飄落之妙姿。

七十七、十疊之二

尺捶擬爲千世用，一梅欲足百人酸。

苦心乍可齏鹽裏，粉骨何須鼎鼐間？（同上）

此詩獨特，完全由梅子立言。

首句設喻，以引發次句。

二句謂一個梅子足使百人滿足食酸之欲望。此雖誇飾之辭，亦非捕風捉影。

三、四兩句謂以梅子和鹽，大可不必；梅子雖小，何必粉身碎骨以填充食鼎。

三、四句仍是基于愛梅崇梅之心，不忍梅子爲俗人使喚運用。

七十八、十疊之三

花離京洛緇塵少，詩到齊梁綺語多。

老子七言雖淡泊，不曾一字犯陰何。（同上）

此詩又別開生面，以梅詩爲核心。

首二句信手拈來，天然成對。不可易一字也。

三句一轉，回到自身來，七字充溢自得自詡之情。

四句足成之：不犯齊梁綺語，那怕是其中佼佼者 —— 陰鏗與何遜。

因爲克莊以梅花之知音自許，故不免有如此自豪之語言。

以「淡泊」對「綺語」，妙。以「老子」對陰何，甚至對京洛，亦巧。蓋此詩中之克莊，已與梅花合一矣。

「緇塵」亦正對「淡泊」。

全詩脈絡分明，密而似疏。

七十九、十疊之四

有花多處便憑欄，插在金瓶不必看。

百斛量珠眞富貴，兩枝剪綵太寒酸。(同上)

此詩四句各說各話。

首句憑欄看花：多梅是好景。

次句插花不好看，那怕是插在金瓶裏。

三句名花貴重，須百斛珠方可得，一如佳人。

四句謂兩三株剪下的花太寒傖。

一、三算一組，二、四是另一組。

此詩誤在太有分別心。若說尊重花之天然生長亦可。

八十、同題之五

賦繁台雪雲將暮，歌〈後庭花〉月未殘。

客至苑皆瓊作樹，兵來并用玉爲欄。(同上)

繁台，梁武帝時以高明門外繁台爲講武台，此台梁孝王時曾按歌閱樂
於此，當時叫吹台，後有繁氏居于其側，居民乃以姓呼之。台在開封
縣南五里。

四句似皆用典，然仔細抽剝，實取四字。

一句取雪，二句取月，三句取瓊，四句取玉。

四者恰好皆用來比喻梅花。

八十一、同題之六

起來無賴晚風狂，便恐飄零損歲芳。

飛燕不持身欲去，綠珠雖墜魄猶香。(同上)

首句「無賴」，義即無聊，主寫狂風。

次句謂恐吹落梅花。

三句以輕盈的趙飛燕喻落花飄零。

四句以爲石崇殉情的綠珠喻梅花之堅貞。

前兩句實寫，後二句虛擬。

分工合作，效果卓然。

八十二、同題之七

　　　　江左風流屬謝家，諸郎如玉女尤佳。

　　　　如何雪裏同聯句？不比梅花比柳花。（同上）

《世說新語・言語》記謝安在下雪天召諸子弟吟詩，問雪花何所似，謝胡兒說：「撒鹽空中差可擬。」謝道韞說：「未若柳絮因風起。」安大笑。此詩首二句詠此事，「諸郎如玉」尤好。

　　末二句略作翻案文章：何不詠梅以比雪花？

　　其實柳絮更似雪花；落梅之相似度實略遜焉。

　　無奈克莊是梅癡，因此才發出這樣近似無釐頭的問題來。

　　解一古典，能出新意，畢竟是好事。

八十三、同題之八

　　　　天子封松作某官，相君復報竹平安。

　　　　梅花一點無沾惹，三友中間獨歲寒。（卷 17，頁 986）

　　首句指秦始皇封泰山五棵松爲五松大夫。

　　次句指李德裕言北都有惟童子寺，長一窠竹，其寺綱維每日報竹平安。

　　此二句謂歲寒三友之二：松與竹皆與官人有了些牽扯。

　　三句似轉實承：我的恩寵梅花！獨自清高到底。

　　四句再重新強調：「獨歲寒」者，獨高潔也。

　　克莊自己大半輩子都在做官，晚年卻以隱士、高士自居，故與梅花結緣久久。

八十四、同題之九

　　　　霜皜千林凍欲僵，經旬不爨只餐香。

　　　　何曾轉授休糧訣，卻是單傳屑玉方。（同上）

　　首句亦寫霜亦寫梅，二者不可分矣。

　　次句誇張，但表彰梅香及梅誼。

　　三句一抑。

四句復揚：「單傳屑玉方」者，以梅為食也。以梅為食，其實是以梅為伴。

八十五、同題之十

珠樹無多攀不已，珊瑚有盡採無窮。

海神上訴天公怒，似怕龍宮寶藏空。（同上）

首二句珠樹、珊瑚是喻亦是實：梅花有二色：白似珠，紅似珊瑚。

三句突然一轉：海神為珊瑚等被採事，上訴於天公，天公要為他討回公道。

四句全補三句。

紅梅是珊瑚，白梅是珠樹？讀者不必深究，當作化外傳奇可也。

以謔為詩，克莊屢已為之。

梅詩十疊，一百首今存五十三首，四到八疊共缺四十七首，遍覓不得。

八十六、跋桂姪梅絕句

老鶴收聲只自悲，戛然清唳警哀遲。

不嫌汝伯無漆髮，稍喜吾家有白眉。

二尺檠邊能辦此，百花頭上更饒誰？

隆乾衣鉢須人繼，莫負樊川望阿宜。（卷18，頁1004）

此詩作于淳祐八年（1248年）左右。

桂姪，即克剛子求志之小名。

首二句自抒亦自謙。

三、四句外射，譽及桂姪。

五句謂對方有妙筆，六句暗指梅為百花之翹楚。

七、八句仍說姪兒是後起之秀，可繼吾宗。

只一句及梅，隱隱約約。

八十七、趙禮部和余梅花十絕……別課一詩以謝

更無一點涴鉛華，狀出冰枝糝玉葩。

十絕頓令儂北面，萬如元住子東家。

自羞貧女釵邊朵，難傍官人額上花。

縱使朔風如鐵勁，未妨雪月照槎牙。（卷20，頁1107）

此詩作于寶祐元年（1253年）。

首二句仍寫照梅之瑩潔無玷。

三、四句讚美趙時煥的詩。

五、六句用喻表示自謙之意。

七句謂謂梅不懼北風。

八句謂雪月上下交輝，爲梅添姿。

四寫梅花，四寫詩人。分配均勻。

八十八、諸人頗有和余百梅詩者，各賦一首之一

詩至山中不可加，直將幽澹掃穠華。

寧依處士墳前竹，不愛都人擔上花。

老子騷魂常住世，郎君吟筆又名家。

遙知丈室無天女，紙帳香篝瘦影斜。（趙監部志仁）（卷20，

頁1108）

此詩亦作于1253年。

首句謂詩至山中最佳，同理，梅生山中亦爲最上品。

次句寫照白梅之風味。

三句又說林逋及梅相依相伴。

四句反述：花入都市人擔子上，便減了不少風韻。

五、六句並述己與志仁，吟詩爲友。

七句謂趙氏無妻。

八句說趙家有佳梅。

八十九、同題之二

字字追還水部公，篇篇壓倒後村翁。

可憐和靖拘香影，更笑花光著色空。

自許鐵心堅晚節，渠能粉面向春風？

菁華落盡惟枯梺，賴有何郎嗜好同。（何謙）（同上）

首句謂何謙詩可以比美六朝的何遜。

次句說他的詩壓倒自己的作品。

三句、四句並言古人之梅花詩有些缺憾，以反襯何謙梅詩之好。

五句譽梅之貞節。

六句繼之，粉面春風，本亦雅事，但既強調「鐵心」，便不作此想了。

七句謂好花終有凋謝時。

八句說何謙之雅好，使梅長存不朽。

九十、同題之三

詩境千梅匝草堂，參軍今又課梅忙。

懸知句子追群謝，每見鄉人說季方。

處士骨寒誰洗髓？老夫鼻塞尚聞香。

請君摘出驚人語，玉笛橫吹入樂章。（鮑。）（同上）

鮑，名籍不詳，參看次句，應官參軍。

首句謂鮑家植有千梅。次句譽鮑氏忙于「課梅」，亦不愧為梅之知音。

三句誇獎他詩句勝過謝靈運、謝惠連、謝朓，當然是夸飾之語。

四句謂鄉人每稱譽之，有如東漢賢人陳寔之幼子陳諶。可見鮑氏為鮑家季子。

五句暗用林逋典，以梅洗髓也。

六句引出自己來，謂梅香撲鼻，欲不嗅之且不可得。

七、八句勉勵他摘佳句以配樂，是平穩的收結。

詠梅之句計四。

九十一、同題之四

百首初成六十餘，朝塗暮改費居諸。

　　誰將綵筆傳於子？人怪青春小似余。

　　一笑拈花差易耳，三年刻楮欲何如？

　　梅兄樗叟俱枯槁，總把風光義讓渠。（方監鎮楷。）（同上）

　　首二句敘述克莊自己的梅花詩，成了六十多首，其他三十多首呢？爲什麼現在只存下五十三首了？令人乍起疑竇。

　　三、四句居然說：你這小友，也寫梅詩，莫非是我無意間把我的綵筆──生花妙筆──傳給了你？

　　五、六句又用二典，一笑拈花總算直接涉及梅花了；三年刻楮乃是說苦心爲詩。

　　七句之樗，乃《莊子・逍遙遊》中惠子所說者：無用之樹，俗稱臭椿樹，在此用以自稱，陪襯「梅兄」，八句風光讓給誰？欠詳，莫非意指樗叟讓方兄？

九十二、同題之五

　　盤屈高才入短章，卷中字字挾冰霜。

　　直探寶藏珠盈掬，倒瀉金莖露浣腸。

　　鐵笛一枝橫夜月，冰肌三舍避天香。

　　妙手早去吟薇藥，莫共儂爭寂寞鄉。（王教景長。）（同上）

　　首二句稱許王景長的梅詩，二句兼描梅姿梅性。

　　三、四句續寫其梅之妙。

　　五、六句又用喻鋪陳。

　　七、八句勸王氏年輕時應用心吟薔薇、芍藥等香豔的花，別和老翁我爭吟梅花。

　　此詩命意甚爲別致。

九十三、同題之六

　　方扃北戶逃生客，忽折南枝寄病翁。

　　雪裏騎驢非俗格，茶邊放鶴有家風。

　　寫眞影過於形好，鑿竅香來與鼻通。

　　不敢袖歸防電取，殷勤返璧錦囊中。（三山林天麟。）（同上，

頁 1110）

首句述林天麟，詳意不明，次句病翁乃自稱：「折南枝」，折梅也，或亦隱射送梅詩。

三、四句由梅、詩兼及騎驢（用陸游典）、放鶴（用林逋典）。

五、六句復詠梅畫梅香。

七、八句謂此梅詩梅畫，只敢一窺，不敢留存，以免「觸電」也。

誇張有理，古今詩人皆然。

九十四、同題之七

貧兒籬下看花窠，曾見千株玉雪麼？

畫得逃禪三昧少，詩如無住一聯多。

過時結實心猶苦，從古調羹味在和。

我坐聲肩窮到老，君肩欲聲又如何？（方至貢元。）（同上）

此詩首句故意說「貧兒」，乃為映襯二句之「千株玉雪」。

三句畫梅，四句梅詩。

五句寫梅子，六句詠調羹。

七、八句謂詩窮而後工，以此勉己勉人。

梅詩太多，總要變化。

九十五、同題之八

出香影外別商量，盡擷精英發秘藏。

難把微酸諧眾口，只消一白賽宮妝。

卻疑彼相調金鼎，未召斯人試玉堂。

便好去供春帖子，君才何止倍秦郎？（方蒙仲制幹）（同上）

此詩泛說方氏之詩才詩藝，前四句由「商量」、「盡擷精英」、「難諧眾口」、「一白賽宮粧」，半敘半喻，是讚是惜。

後四句惋惜其才華未受充分重視。

只有首二句直接涉及梅花，餘皆寫人及其詩。

九十六、同題之九

> 每抱懷中玉雪如，吳霜不覺點虬鬚。
>
> 生三槐裔皆當貴，爲六梅孫莫太矐。（丞相作六梅亭）
>
> 抹黛村眉慚醜怪，約黃宮額費妝塗。
>
> 南園樹老花零落，還許鄒枚訪舊無？（陳珽判官）（同上）

首二句用玉雪、霜喻梅。

三、四句以槐襯梅。丞相指陳俊卿。文天祥〈題陳正獻公六梅亭〉詩：「相府亭前梅六株，四圍香影護琴書。」

五、六句自反面說，梅姿清逸，與此十四字恰相反。

末二句傷樹老梅謝，且以鄒忌、枚乘自喻。

九首梅詩，詠人詠詩處略多於詠梅。

九十七、梅花一首

> 造化生尤物，居然冠眾芳。
>
> 東家傳粉白，西域返魂香。
>
> 眞可婿芍藥，未妨妃海棠。
>
> 平生恨歐九，極口說姚黃。（孟郊詩云：「芍藥誰堪婿？」）
>
> （卷24，頁1315）

此詩作于寶祐四年（1256年）。

首二句又強調梅爲世間尤物。

三、四句故意設定東西，其實以一白一香狀梅。

五、六句半用典半直抒，以添加梅之身價。

七句故說自己不滿歐陽修，八句完足之：他只知讚美牡丹。

梅癡如是，固合常情。

九十八、林知錄和余梅百詠

> 一已爲多況百哉！得君詩卷久驚猜。
>
> 乍疑姑射山頭比，誰喚勾芒雪裏迴？
>
> 委壤可憐渠有命，傾城豈是子無媒？
>
> 直須著意描香影，和靖宗人合詠梅。（卷25，頁1385）

此詩作于 1257 年。

　　首二句自謙兼自炫。

　　三句用莊子姑射仙子之典，四句勾芒爲主管樹木的神。三句謂梅之冰清玉潔，四句謂梅樹由神送來人間。

　　五句惜凋零，六句詠其傾城之色。

　　七、八句謂林氏爲林逋本家，更宜詠梅描梅。

　　中四句寫梅，前二後二句詠人。

九十九、紅　梅

　　　　閬苑花神妬豔，晏家園吏偷春。
　　　　當時傳一二本，今日化千億身。（卷 29，頁 1584）

此詩作于寶祐六年（1258 年）。

　　首句寫花神妬梅，是無中生有。

　　次句用范成大《范村梅譜》典：「紅梅，粉紅色，標格猶是梅，而繁密則如杏，香亦類杏。……承平時，此花獨盛於姑蘇。晏元獻公始移植西岡圃中，一日，貴游賂園吏，得一枝分接，由是都下有二本。」對仗得工巧。

　　三、四句直抒其事。「千億身」誇張而不嫌。

一○○、梅開五言一首

　　　　陶翁書甲子，楚客紀庚寅。
　　　　村叟無台曆，梅開認小春。（卷 46，頁 2413）

此詩作于咸淳四年（1268 年）。

　　五言絕句共二十字，本嫌其少，克莊此詩，卻只用五字正說。

　　其他三句，全爲烘托，全爲助勢。

　　首句寫陶淵明，次句詠屈原。

　　三句說自己。

　　說盡歲月滄桑。

　　四句終于畫龍點睛：梅開時即春來時。「小春」二字尤味永。

一百首梅詩，大功終於告成。

以上一百首詠梅詩，大致有以下六個特色：

一、多吟善吟，因癖成痴，故多姿多彩。

二、由多角度著墨，感受豐富，技巧亦多變。

三、偶有前後重複的命意及用典。

四、用典用喻不鮮，白描更多。

五、多近體，少古體。

六、多為上中品之作。

第三章　植物詩（中）

壹、花

此下兩首爲泛吟花者：

一、弄花香滿衣

偶弄閑花久，春濃晚露晞。

是誰設香供，終日滿人衣。

戲把繁枝玩，常愁一片飛。

疑薰沉水過，似惹御鑪歸。

若愛流芳遠，深憐逐臭非。

平生好奇服，未忍改菲菲。（卷28，頁1543）

此詩作于寶祐六年（1258年）。爲擬省題詩之一。

首二句破題，簡約而切實。

三、四句設疑若答，「滿人衣」切題。

五句切「玩」，六句說惜花。

七、八句由香字發揮。

九、十句再說芳香，已覺贅煩。

十一、二句平平收結。

二、惜花春起早

清早披衣起，春深好事家。

非干眠警枕，自是惜名花。

　　　　培溉疏泉脈，攀翻帶露葩。

　　　　看常先曉蝶，來未散晨鴉。

　　　　風惡爲台避，晴烘著幕遮。

　　　　古人云晝短，莫待夕陽斜。（卷28，頁1547）

此詩亦作于1258年。

　　前四句破題：究竟是早起乃惜花，還是爲惜花愛花而早起，並不重要。

　　五、六句細寫培花過程及實況，以證惜花之忱。

　　七、八句以蝶、鴉爲襯，用鴉尤令人訝異。

　　九、十爲二種護花之法。

　　十一、二句收得瀟散。

貳、蘭　花

一、蘭

　　　　深林不語抱幽眞，賴有微風遞遠馨。

　　　　開處何妨依蘚砌？折來未肯戀金瓶。

　　　　孤高可挹供詩卷，素淡堪移入臥屏。

　　　　莫笑門無佳弟子，數枝濯濯映階庭。（卷三，頁181）

此詩作于嘉定十四年（1221年）。

　　首句七字寫盡蘭花的風姿：生在深林，秉性幽靜而貞潔。

　　次句加馨，而馨上著一遠字，可上應「深」、「幽」二字。

　　三、四句示其性情及節操：寧依大自然生長，不戀人間繁榮。

　　五、六句寫其孤高素淡，但六句仍不免委屈幽蘭。

　　七、八句以蘭爲吾之佳子弟。

　　此詩堪稱克莊蘭詩之代表作，可說已面面俱到。

二、詠鄰人蘭花

　　　　兩盆去歲共移來，一置雕欄一委苔。

　　　　我拙事持令葉瘦，君能調護遣花開。

　　　　隸人挑蠹逾千匝，稚子澆泉走幾迴？

　　　　亦欲效韰耘小圃，地荒終恐費栽培。（卷4，頁237）

此詩亦作于1221年。

　　首二句破題，實述鄰家二盆蘭花踪跡。

　　三、四句以己比人，讚鄰人護花有術。

　　五句「遯」字或作「巡」，「巡」較好。「千匝」、「幾迴」、「隸人」、「稚子」，俱對得親切。養蘭豈易事哉！

　　七、八句自謙，或亦寫實。

　　克莊詩每在平凡中略見高妙，此其一例。

三、蘭

　　　　蕭艾敷榮各有時，深藏芳潔欲奚爲？

　　　　世間鼻孔無憑據，且伴幽蘭讀《楚辭》。（卷九，頁516）

此詩約作于紹定元年（1228年）。

　　首二句以蕭艾對比芳蘭，故設一問。

　　三句未免太落言詮！

　　四句復求援于屈子。

四、漳蘭爲丁竊，貨其半，紀實四首之一

　　　　五十盆蒼翠，皆從異縣求。

　　　　不能防狡窟，未免破鴻溝。

　　　　慘甚兵初過，苛於吏倍抽。

　　　　渠儂慕銅臭，肯爲國香謀？（卷29，頁1575）

此詩作于寶祐六年（1258年）。漳蘭乃漳州所產之蘭。

　　首二句破題之半。

　　三、四句說明「丁竊」，用鴻溝喻尤強烈。

　　五、六句再度強調發揮。

　　七、八句譴責賊人，最後終於用「國香」二字再次讓蘭現身，與首句「蒼翠」呼應。

五、同題之二

　　　　主人拙樊圃，家賊巧穿窬。

> 鼠子敢予侮，麟翁以盜書。
>
> 空搔雙白鬢，不奈一長鬚。
>
> 自笑關防晚，花傍且燕居。（同上）

首二句仍破題說家丁之竊蘭。

三句直譴家賊，四句麟翁指孔子，意謂孔子若出春秋之筆，必大書「盜」字。

五、六句細抒本人無奈之狀。

七、八句謂雖經此事，仍不改舊習，在花旁燕居。

此詩純寫花之事件，未描寫蘭花本身。

七、同題之三

> 地遠疏澆溉，牆低劣蔽遮。
>
> 初無虎守杏，況有蝶穿花。
>
> 薄采難紉佩，深培待茁芽。
>
> 嗟余愧迂叟，招汝興仍賒。（卷29，頁1576）

首二句細說其培蘭之難處。

三、四句虎守杏已見前，蝶穿花是巧喻，譬喻偷花之「雅賊」。

末二用司馬光愛蘭事收結，光遭竊花，始終不改其愛花之雅興。「嗟」「愧」云云，不過說說罷了。

八、同題之四

> 〈離騷〉賞風韻，百卉莫之先。
>
> 菊止香九日，猶曾臭十年。
>
> 麝房吾割愛，鮑肆爾垂涎。
>
> 晏相惜花者，紅梅被竊然。

〈離騷〉有云：「朝飲木蘭之墜露兮，夕餐秋菊之落英。」所以克莊有此二句。

三句以菊繼之，然與臭草對峙，意指香短臭長。

然後引發五、六句：吾被迫割愛，俗徒大快朵頤（半寫實半用喻）。

末以晏殊愛紅梅而不免被竊，比較己蘭之命運。

四首說一竊花事，至矣盡矣！

九、記小圃花果二十首之十八

清旦書窗外，深叢茁一枝。

人尋花不見，蝶有鼻先知。（卷36，頁1938）

此詩作于咸淳元年（1265年）。

首二句破題清越。

三句一轉：寫蘭之幽隱高貴。

四句令人解頤：蝶未必有鼻，但嗅覺敏銳，乃著一先鞭矣。

叁、菊　花

一、留山間種藝十絕之二：菊

羞與春華豔冶同，殷勤培溉待秋風。

不須牽引淵明比，隨分籬邊要幾叢。（卷九，頁515）

此詩約作于紹定元年（1228年）。

首句破題，可謂擲地有聲：一「羞」字透出多少聲價！

次句正寫其成長季節。「秋風」遙應「春華」，妙。

三句石破天驚，翻案有理。

四句隨順而下，惜乎末二字終嫌太平太弱。

此詩頗能寫照菊之風範。

二、題羅亨祖叢菊隱居

今君抱送當秋晚，手種寒葩占斷清。

伯始厚顏貪飲水，靈均滿腹飽餐英。

要須晚節分香臭，寧與朝華角悴榮。

父老方夸琴調古，未應高興慕淵明。（卷16，頁927）

此詩約作于淳祐五年（1245年）。

羅亨祖及叢菊隱居均不詳。

首二句以種菊破題。

三句之伯始，爲宋人李孝基字，飲水事不詳，或以此烘托四句之屈原餐菊（已見上引）。

五、六句譽菊之芬芳有節操，又強調它不與春花們爭豔。

七、八句或反射淵明無弦琴，允以此抒寫對羅氏之企慕。

此中四句寫菊。

三、菊

性遲故爾待霜天，珠蕾金芭待露鮮。

曾有餐之充雅操，又云飲者享高年。

〈騷〉留楚客芳菲在，史視胡公冀土然。

莫道先生眞鼻塞，幽薌常在枕囊邊。（卷 30，頁 1646）

此詩作于 1259 年。

前有二詩謂菊不願與春花競豔，此處則改變一種說法，說菊之天性遲緩，故安步得霜。

次句正面描寫菊形菊姿：珠、金二喻甚鮮明。

三句或說屈原之仰慕者。四句乃古來一種傳說，謂菊能延年，今人猶飲菊花茶以衛生。

五句又涉〈離騷〉名句，六句烘襯之。

末二句自嘲復自詡：我之床上有菊囊！

愛菊或不如愛梅蘭，菊花仍是克莊恩物之一。

四、記小圃花果二十首之十：菊

陶子沉酣汝，劉郎佩服之。

元來天地內，乃有兩東籬。（卷 36，頁 1937）

此詩作于咸淳元年（1265 年）

首二句以自己（劉郎）與陶淵明並列，一用「沉酣」，一用「佩服」，附翼之姿了然可見。

然菊是媒介，亦是主角。

三、四句乃順水推舟，趁流而下。

天地之間，二位東籬先生！其後馬致遠應是第三位。

寫得瀟灑，既爲菊增色，又爲己添價。

五、霜 菊

霜菊尤宜晚，才開一兩葩。

不隨蒲柳變，索性待梅花。（卷47，頁2421）

此詩作于咸淳四年（1268年）。

首句破題，說明霜菊爲菊中之晚生者，較爲耐寒。次句玉成此旨。

三句抒寫此花之特質：堅貞耐寒，但未明白說破，卻巧妙地用較柔弱的兩種植物 —— 蒲與柳相對比，讚譽其互久不變之姿。

四句用「索性」打頭，甚見筆力；後三字更令人耳目一新，心神一爽。

肆、蓮 花

一、旱蓮一首

晴久方池可跣行，萍枯惟有草縱橫。

朱葩未見叢叢折，綠柄才看寸寸生。

悴若放臣臨楚澤，厄於學士蹈秦坑。

輸他杭越花如錦，畫舫名姝夜按笙。（卷四，頁216）

此詩作于嘉定十四年（1221年）。

首二句寫池涸萍枯草多。

三、四句詠旱蓮之茁長。「寸寸生」尤生動。

五、六句描寫旱蓮之憔悴。

七、八句與太湖、西湖一帶的名花名女相比，益見其不濟。

詠蓮花若此，亦云哀矣。

二、癸水亭觀荷花一首

執熱屏人事，偃臥慵巾裳。

過門二三友，失喜跣下床。

鳴驪出華陌，聯轡遵野塘。

崇軒俯萬荷，濯濯涵波光。
都忘瘴海中，疑墮玉井傍。
遠無膏粉氣，近有冰雪涼。
製葉可以衣，采菂可以嘗。
離騷譜靈草，品忝列眾芳。
似曾識三閭，安肯肖六郎？
詞人更儇薄，比詠猶妃嬙。
曷不觀茲華，意色和而莊。
風吹月露洗，豈若冶與倡。
眾方慕絕艷，誰能參微香。
余詩縱枯淡，一掃時世粧。(卷六，頁 337)

此詩作于嘉定十六年（1223 年)，里居時所作。

首六句述夏日與二三友到郊外遊覽，寫得瑣細而嫌煩。

七八兩句展示本詩主題：癸水即漓水，在臨桂縣，癸水亭乃范成大所建。高軒萬荷波光。

九十句述其感覺。

十一、二句以冰雪涼壓倒膏粉氣，以應玉井。

十三、四句寫荷之用，一穿一食。

十五、六句遠涉〈離騷〉:「製芰荷以爲衣兮，集芙蓉以爲裳。」

十七句仍在屈原身上，十八句引出反面的實例：唐佞人張昌宗——《舊唐書·楊再思傳》:「再思又諛之曰：『人言六郎面似蓮花，再思以爲蓮花似六郎，非六郎似蓮花也。』」故連用「安肯肖」三字。

十九、二十句泛說詞人以妃喻荷。

二十一、二句正面稱之和而莊。

廿三句風作伴，廿四句反言用問號。

廿五、六句似嘆知音難遇。

末二句自詡平淡而掃去俗豔，猶如此亭之荷花。

詠荷而七縱八橫，頗有風致。

三、小圃有雙蓮、夏芙蓉之喜，文字祥也，各賦一詩之一

> 一色雙葩費剪裁，固知造物巧胚胎。
> 機雲乍自吳中出，坡穎初從蜀道來。
> 佳讖似應先輩設，瑞苞不為老人開。
> 集英明歲薰風裏，席上英才即斗魁。（卷18，頁1020）

此詩作于淳祐十一年（1251）左右。

首二句破題，把雙蓮的特質充分展示了。

三、四句用文學史上的兩對兄弟（克莊生也早，未知袁家三兄弟）陸機陸雲、蘇軾蘇轍搬運出來比喻雙蓮。

五、六句一義：瑞苞、佳讖，皆為前輩而發，不是為我老朽。

末二句預祝明年集英殿子弟中魁，貼合題中「文字祥」一義。

此詩平穩老成，惜稍乏詩情。

四、記小圃花果二十首之四：蓮花

> 昔移紅白種，同種謝池中。
> 一朵不留白，兩池皆變紅。（卷36，頁1935）

此詩作于咸淳元年（1265年）。

這首詩二十字，字字實用。

首句破題。

次句說明地點。

三句描述現況。「留白」二字，順手拈來，與常義不同，反妙。

四句不說蓮花紅，卻說滿池紅，故意製造可有可無的錯覺。

起承轉合，一步不差，卻又不甚沾著。

五、題趙昌花一首（蓮，齊侍郎舊物，得之其孫彌約。）

> 趙傻生長太平，以著名花擅名。
> 自古良工獨苦，於今墨畫盛行。（卷46，頁2404）

此詩作于咸淳四年（1268年）。

趙昌，字昌之，廣漢人。善畫花果，名重一時。作折枝極有生意，

傅色尤造其妙。兼工草蟲，然不及花果，晚年自喜其所得，往往深藏而不市。既流落，則復自購以歸之，故昌之畫世所難得。齊侍郎當指齊慶冑，孝宗時曾任禮部侍郎。

首句介紹趙昌。

次句介紹其畫，以蓮爲主。

三句以古之良工來烘托。

四句謂水墨畫正盛行，更顯示趙昌著色畫之可貴。

全詩未正寫蓮花，但由前二句可以約略想見其風姿。

伍、芙　蓉

按芙蓉有木芙蓉、水芙蓉二類，水芙蓉即蓮（荷）花，以下所詠者，應多爲木芙蓉。

一、芙　蓉

湖上秋風起櫂歌，萬株依柳更依荷。

老來不作繁華夢，一樹池邊已覺多。（卷七，頁439）

此詩約作于嘉定十七年（1224年）秋。

首二句點明時序及芙蓉生長之背景。依柳、依荷，正爲四句「池邊」作先導。但「萬株」必不免誇張。

三、四句頗爲低調，「一樹」直對二句之「萬株」。是「池邊」不是池中，故爲「木芙蓉」無疑。

二、小圃有雙蓮、夏芙蓉之喜，文字祥也……之二

四月池邊見拒霜，園丁驚問此何祥。

花如雲錦翻新樣，葉似宮袍染御香。

病不能陪花酒伴，詩猶堪諜鼓旗傍。

諸君筆力回元化，努力先春壓眾芳。（卷18，頁1020）

此詩作于淳祐十一年（1251年）左右。

木芙蓉爲落葉灌木，錦葵科，樹幹長丈餘，秋冬間開粉紅或白花。

因為秋冬降霜之季，此花卻開得煞好，故名之曰「拒霜」。

次句穿插一園丁以增趣。

三句一喻親切，四句再一喻，更著香字。

五、六句說自己為有病之身，不能以酒伴花，卻可以用詩助興。

七、八句勉親朋及少年諸君，既迴護好花，更早奪科魁。

此詩由花及人及文字之祥瑞，面面俱到。

三、自和二首詩之二

老子而今兩鬢霜，未應癡絕泥禨祥。

不能木末搴朝露，未免籬邊嗅晚香。

便合折來書卷畔，詎宜簪向寶釵旁？

漫山千樹方芽甲，肯信人間有早芳？（卷18，頁1021）

此詩亦作于同時。

首二句由前詩「文字祥也」引發，不過半由反面立言。

三句用〈離騷〉語而反之，四句嗅香乃正面主體。

五句折之伴書香，六句不為美人而折簪。

七八句謂多日有不少花樹已初初萌芽，但木芙蓉卻獨獨早發早芳。

八句看似隨意，卻自平勻。

四、芙　蓉

紛紛亭錦映池塘，豔冶姿容淡泊妝。

醉去恍疑曾被酒，集來未必可為裳。

有懷絕色真如面，誰取新名作斷腸？

只合尊前簪老監，石丁之事太微茫。（卷30，頁1646）

此詩作于開慶元年（1159）奉祠家居時。

按木芙蓉常生長在木池邊，故首句如此說。

次句豔冶姿容與淡泊梳妝並存，最能抒寫出木芙蓉的風姿。淡紅花朵，臨風飄搖。

三句疑醉，四句非裳。

五句謂「芙蓉如面」。六句謂此花又名斷腸花。

七句與前首換一說法，謂可簪己首。末句石丁，疑指長生不老。大意謂只可賞花，不宜妄求其他。

五、記小圖花果二十首之十三：芙蓉

曼卿仙不死，隱隱素驄嘶。

走入芙蓉裏，花心路忽迷。（卷36，頁1937）

此詩作于咸淳元年（1265年）。

首句涉及石延年曾在海州與劉潛于王氏酒樓飲一日不言，人稱二神仙，故又曰「不死」。次句亦用以描繪延年生前的狂態。

三、四句亦是根據傳說而恣意想像之：謂曼卿醉後上樹，走入芙蓉花心中，因而迷路。

芙蓉中收容詩人，自是詩意盎然。

陸、橘花與柑橘

一、橘　花

一種靈根有異芬，初開尤勝結丹石。

白於薝葍林中見，清似旃檀國裏聞。

淡月珠胎明璀璨，微風玉屑撼繽紛。

平生荀令熏衣癖，露坐花間至夜分。（卷三，頁202）

此詩作于嘉定十四年（1221年）奉祠家居時。

首句描述此花，以芬芳之嗅覺為主。次句順便述及其橘紅之果。

三句詠其色白，四句述其嗅芬。

五句再描寫它如月如珠。

六句謂花瓣吹落時如同玉屑。

七句出《香譜》卷下：「荀令君至人家，坐席三日香。」荀令謂荀彧，東漢末人。以此自喻，引出八句，圓滿作結，以烘托橘花之香溢人間。

此詩色、嗅俱全，分配亦均勻。

二、乍歸九首之四

絕愛牆陰橘，花開滿院香。

鄰人欺不在，稍覺北枝傷。（卷六，頁 396）

此詩作于嘉定十六年（1223 年）家居時。

首句開門見山：物、地俱全。

次句為全詩精華：譽其花香，仍用「滿」字為媒。

三、四句略陳近事，微憾而婉，不失溫暖敦厚，但正烘托了橘樹之美，橘花之芳馨。

三、記小圃花果二十首之七：橘

但見空林摘，誰知園戶饒。

詔書免包貢，野老可分甘。（卷 36，頁 1936）

此詩作于咸淳元年（1265 年）。

首句雖直述，亦可窺見橘子的甘美。

次句繼之，加緊一層。

三、四句相較之下，似是閒話。但「野老」似可與首句之林中摘橘人及二句之「園戶」鼎足為三，為橘子此果添價。

四、蘇　柑

橘裏爭棋叟，壺中賣藥公。

蘇柑肥似瓟，盛不得樗翁。（卷 47，頁 2421）

此詩作于咸淳四年（1268 年）。

此詩前二句用兩典故，用奕棋翁與壺公喻蘇柑。

三句又用一明喻，四句乃自我諧謔之辭。

按宋人雖有數位字號叫樗園或樗叟，但無名樗翁者，其實即指克莊自己，猶言「老廢物」也。

柒、薔　薇

薔薇花

浥露含風匝樹開，呼童淨掃架邊苔。

湘紅染就高張起，蜀錦機成乍剪來。

公子但貪桃夾道，貴人自愛藥翻階。

寧知野老茅茨下，亦有繁英送一杯。（卷三，頁203）

此詩作于嘉定十四年（1221年）。

首句詠薔薇之盛豔。次句以呼童掃苔烘襯之。

三、四句以二喻寫紅花綠葉。

五、六句故意用同爲紅色植物的桃花和芍藥相比匹，彼愛彼貪。

七句自稱「野老」，故用「寧知」，以表示其難能可貴。

八句復以繁英一杯說薔薇。

前呼後擁，二描二比。

捌、山 丹

偶然避雨過民舍，一本山丹恰盛開。

種久樹身樛似蓋，澆頻花面大如杯。

怪疑朱草非時出，驚問紅雲何處來。

可惜書生無事力，千金移入畫欄栽。（卷三，頁183）

此詩約作于嘉定十四年（1221年）。

山丹，其花一蒂有百餘蕊，如繡球，深紅色，一花四英，東坡所謂「錯亂瑪瑙盤」。亦有粉紅者，四月開花，至八月仍爛熳，亦有四時常開者。常以之與芍藥並栽。

首二句破題，甚爲明確。

三句寫樹身如蓋，四句詠花面如杯。

五句以朱草稱之，六句用紅雲喻之。

七、八句惋惜自己沒功夫沒力氣，未能把民宅的山丹移植到自己的畫欄來。

偶遇竟成永恆，詩之用大矣哉。

玖、李

古有如瓶李，得之海上仙。

如何阿戎輩，鑽核怕人傳？（卷 36，頁 1937）

此詩作于咸淳元年（1265 年）。

首句描述李子如花瓶那麼大，不免有些誇張。

次句謂此李乃海上仙人所授。

三句陡一轉，以王戎典故發興。

四句以鑽核以免人得之繁衍事立說。

「如何」一問，千古暢快。

拾、桃

纍纍生滿樹，知我老而饕。

絕勝齊三士，輕生爲二桃。（卷 36，頁 1937）

此詩亦作于 1265 年。與〈李〉詩同爲「記小圃花果二十首」之十一與十二。

公孫接、田開疆、古冶子同事齊公，皆以勇力稱。齊相晏嬰以爲此乃國之危，因勸公以兩桃賞之，三人比功，各不相讓而又不敢先，遂一一退桃挈領而死。

首二句平實寫枝頭桃子盛萌。而我垂涎欲滴。

三句一轉用齊三士故事，四句直截點出爲二桃而輕生之故事。

以此顯示桃之可貴。

拾壹、桃樹桃花

一、路旁桃樹

爲愛橋邊半樹斜，解衣貰酒隔橋家。

唐人苦死無標致，只識玄都觀裏花。（卷七，頁 417）

作於嘉定十七年（1224 年）。

首句破題，只加一動詞「愛」。

次句寫隔橋觀桃樹桃花。解衣買酒，何等氣概！

三句故意貶抑唐人，「苦死」二字未免太重。

四句說個清楚。劉禹錫在玄都觀看花，去而復來，本是雅人韻

事，在此卻被克莊說俗了。

克莊之意，郊外野生之桃，方爲本色。

二、桃

歲歲春風花覆牆，摘來紅實亦甘香。

當時若種瑤池本，卻恐河清未得嘗。（卷九，頁516）

此詩作于紹定元年（1228年）。

首句破題平實。

次句由色（紅）而氣味（香）味道（甘）。

三句一轉：又作虛設之辭，若種西王母瑤池之蟠桃，三千年一長成。

四句謂至今不得品嘗。黃河一清，豈止百年！

全詩意指：常見之桃花桃實，亦甚可愛可用。不必妄求仙實也。

拾貳、桃　杏

二花合吟，二十四字奏功。

功名胡蝶夢裏，心力〈橐駝傳〉中。

環合千林蒼翠，參錯數株白紅。（卷29，頁1584）

此詩爲「溪庵種藝六言八首」之五，作于寶祐六年（1258年）。

首句用《莊子・齊物論》典。蓋蝴蝶每飛翔於羣花叢中。

次句用柳宗元〈種樹郭橐傳〉典：郭氏爲善植樹木之園丁，因爲駝背，故得此別號。

首二句謂吾之晚年，「功名」與心力，都在花草樹木中，或眞或幻。

三句四句狀蒼翠樹林中桃紅杏白之繽紛。

以桃、杏爲春花之代表而合吟之，象徵意義遠重于寫實意味。

拾叁、杏　花

潘令園中本，移來村墅中。

太官今卻獻，黃帕不來封。（卷36，頁1938）

此詩亦作于 1265 年，爲「記小圃花果二十首之十七」。

首句謂此花乃由潘令園中移來此宅，蓋潘令爲唐代善養杏花之人也。司空圖〈力疾山下吳村看杏花十九首〉：「潘郎愛說是詩家，枉占河陽一縣花。」

三四句惜今之大官不識名花，未能以黃帕盛之以獻上也。

此詩稍乏詩意，仍極言杏花之貴重。

拾肆、桂　花

> 叢生山上下，影在月中央。
> 受性老彌辣，開花晚更香。（同上）

此爲「記小圃花果二十首」之十五。

首句直述。

次句以月亮烘托桂花。根據神話傳說：月中有桂樹一株，吳剛朝夕伐之。故如此說。

三句之「辣」，或即自吳剛伐之而不倒、不減損切入也。

四句謂人皆認知桂花晚間更芳香。

自傳說至色香，皆在二十字中。

拾伍、荼　蘼

> 憶昔矜容色，如今懶抹塗。
> 誰能面皮皺，施粉又施朱。（同上）

此詩爲「記小圃花果二十首」之十六。

荼蘼，一作酴醾，蘼亦作䕷，薔薇科落葉亞灌木，莖高四五尺，自根叢生，新枝及葉柄有刺，葉爲羽狀複葉，古有「開到荼蘼春事了」之說，蓋爲春末夏初之花，花冠爲重瓣，帶黃白色，甚爲美麗。

首句說荼蘼昔日之美，次句惜今日之衰。

三句緊接二句，四句謂補救不及。

此恐因小圃荼蘼栽培不佳所致。

拾陸、瑞　香

老景歡悰少，看花偶出嬉。

相隨惟一扇，錦傘欲何施？（同上）

瑞香花，本出自廬山，有紫、白二色。

首二句純屬發興之辭。

三句實說。以反襯四句。

四句謂瑞香花盛開時如傘狀，此處故作戲謔之辭。

按瑞香為常綠小灌木，高四五尺，葉長橢圓形，深綠，質厚有光澤。早春開花成簇，萼四裂，內白外紅紫，缺花冠，雄蕊八個，樹皮纖維，供製紙原料。

拾柒、笑　花

一、笑　花

借問緣何事，年年帶笑容。

春風無可笑，止有笑衰翁。（卷 36，頁 1935）

此詩為「記小圃花果二十首」之一。

含笑花，其花微開則香酷烈，大開則香減，故曰含笑。有純紫者，有外白內紫者，又有純白者，曰芽笑。亦有四時開花者，花稍小而香微細。

首二句因題因花形而發問。

後二句自問自答。

三句謂春風和暖依人，殊無可笑之處。這一句是倒裝句。

四句謂只有我這個「衰翁」（這是克莊在「老子」、「老翁」、「樗翁」之外的另一自稱。）才值得你年年日日發笑。

寫笑花，亦用調笑語，可謂出自本色。

二、笑　花

春風滿面喜津津，縱有嗔拳不忍嗔。

尚恐旁觀安注腳，笑他何事與何人？（同上，頁 517）

按含笑花又稱笑花，出自海南，有紫、白二種。

　　首句摛寫此花之形象，次句繼之，所謂冷拳不打笑臉人是也。

　　三句又一虛擬。

　　四句其實是克莊自問：以此施展其詩人之狡獪技倆耳。

拾捌、石　榴

　　　　果核無殊性，惟榴有北南。

　　　　紅榴滿天下，不似玉榴甘。（同上）

此爲「記小圃花果二十首」之三。

　　此詩因客有贈一玉榴種而起興。

　　按石榴有甜酢二種：旋開單葉花，旋結實，實中紅孫枝甚多，秋後經霜則自拆裂，一種子白瑩澈如水晶者，味亦甘，謂之水晶石榴。即此所謂玉榴。

　　克莊似認爲紅石榴天下皆有，水晶石榴只有南方炎熱之地才有，其味甘美。

　　是記實詩，不易見特殊詩情。

拾玖、萱　草

　　　　勤披萊子服，種汝奉高堂。

　　　　汝自忘憂耳，吾憂未易忘。（同上）

此爲「記小圃花果二十首」之二。

　　首句乃半假設語：己已老矣，尙可效古之老萊子行孝道。

　　次句直述種萱草於北堂。乃盡孝道之意。

　　三句因萱草又名忘憂草，故云。

　　四句謂吾不同草，永不能忘去父母之憂。

　　設想平正而不失巧妙。

貳拾、笋

　　　　苦愛堂廚美，雛郎喜覆羹。

飽食林下筍，輸與邵先生。（卷36，頁1936）

此爲「記小圃花果二十首」之五。

此詩用邵溫《聞見後錄》卷三十語：王安石之生，母見一獾入室，俄不見，因生之，遂以獾郎爲小名。克莊詩中有「獾郎一肚皮《周禮》，浪說求田意最高。」

首二句謂安石愛食筍。

三句承之，四句自反面續說。

飽食林下筍或是諷刺安石熱心仕宦而偏說求田求隱之意。

這詩是寫人，不是詠筍。

貳拾壹、素馨茉莉

的皪開雕欄，氤氳入綺櫳。

何須傍班馬，臥起二花中。（同上）

此詩爲「記小圃花果二十首」之六。

此詩爲二花並詠，大概在圃中二花並植。

首句先描形貌，次句則寫香氣。

素馨花出自南海，花白而香，亦有黃色者無香。茉莉多白色，香尤濃烈。

三句謂好花不假史筆流傳。

四句說我乃臥起於二花中，逍遙自得。

三揚一抑，斐然成章。

貳拾貳、葵

生長古牆陰，園荒草樹深。

可曾霑雨露，不改向陽心。（同上）

此詩爲「記小圃花果二十首」之八。

首句記向日葵所生長的地點，「古」字別有意味。

次句細詠其背景。「深」字與前句之「古」遙應。

三句似眞似疑，爲四句設勢。

　　四句直陳葵花之特性：一心一意對著太陽，不管有沒有霑漑雨露。

　　古今二十字寫葵，此首堪爲冠冕。

貳拾叁、韭

　　　　清泉澆後活，夜雨剪來新。
　　　　有客陳三韭，無錢致八珍。（同上）

此詩爲「記小圃花果二十首」之九。

　　首句寫澆灌，次句書剪培。

　　三句寫致用。

　　四句若憾無八珍佳餚，其實憾惜中仍有傲意。

　　韭雖卑物，自有其調味品客之用。

貳拾肆、海　棠

　　　　雨惱顰西子，晴扶睡貴妃。
　　　　老夫方入定，爲爾一撩詩。（卷36，頁1937）

此爲「記小圃花果二十首」之十四。

　　首二句以顰西施、睡（楊）貴妃爲喻，可說寫盡海棠風情。「惱」、「扶」二動詞亦甚活。

　　三句引出詩人自己來（此番自稱「老夫」），「入定」或指小憩或小寐。

　　四句「一撩詩」甚爲入神。

　　此花縱橫於詩人佳人之間，亦云妙偉矣。

二、黃田人家別墅繚山種海棠為賦二絕之一

　　　　萬紅扶路笑相迎，彷彿前身石曼卿。
　　　　若向花中論富貴，芙蓉城易海棠城。（卷七，頁419）

此二詩作于嘉定十七年（1224年）。

　　首句直抒，「萬紅」一炮生色。

　　次句以石延年爲浪漫風流之代表人物，以此喻花，可增色不少。

三句忽發議論，以人間富貴之標準品評百花。

因爲有人以芙蓉爲富貴之花，克莊乃努力翻案，以眼前之海棠取代芙蓉。

平心而論，牡丹、海棠爲二大富貴名花。

三、同題之二

海棠妙處有誰知？今在臙脂乍染時。

試問玉環堪比否？玉環猶自覺離披。（同上，頁 420）

首句以問句破題。

次句「臙脂乍染」寫盡海棠風姿，「乍」字尤妙。

三句再設一問。

四句自答：楊玉環自己也恐怕覺得自家不如海棠整飾美麗。

四句中故意兩用「玉環」，亦是異類作法。

四、熊主簿示梅花十絕，詩至，梅花已過，因觀海棠，輒次其韻之一

萬藥千葩染似紅，停杯無語恨東風。

薄寒且爲花愁惱，何況開時值雨中。（卷八，頁 460）

此詩作于寶慶元年（1225 年）。

首句寫海棠形色分外熱鬧。

次句「恨東風」，或竟是「謝東風」之隱語？

三句充分流露詩人憐花惜美之心。

四句更加強之。

其實全詩著力點只在最初四字。

五、同題之二

紅點霏霏似撒沙，荒園幻作五侯家。

自憐改盡青青鬢，無力栽花且看花。（卷八，頁 461）

首句轉寫海棠之飄落，「撒沙」一喻令人愕然。

次句以貧富之比爲海棠增價，可謂別出心裁。

三句自憾，四句足成其意。

其實不栽花，只看花，亦是一種風流。

六、同題之三

幾樹繁紅映碧灣，苧羅山下見芳顏。

分明消得黃金屋，卻墮荒蹊野徑間。（同上）

首句以繁紅襯碧灣，甚為鮮明都雅。

次句又以西施比海棠，與前引〈海棠〉之「雨惱顰西子」一句遙相呼應。

三句直應海棠為富貴花一語。

四句又說海棠在自家園囿中，使自己貧而若富。此詩後二句上應上首之次句。

七、同題之四

顛風狂雨阻追攀，欲問春留數日間。

過眼紅雲成白雪，到晴只恐沒花看。（同上）

此詩寫雨摧海棠，甚為逼切。

人生常多無奈，此其一例也。

首句寫「顛」「狂」風雨，阻我追攀名花。

次句力圖挽回，向春求告。

三句似轉實承，「紅雲」狀海棠之豔之美，「白雲」是落花飄零。

四句直扣二句及三句，晴天何時來？恐已來不及了：花飄花凋，煙散雲散。此句說得率直，反增感傷。

八、同題之五

梅太酸寒蘭太清，海棠方可入丹青。

趙昌骨朽徐熙死，誰寫春風上錦屏？（同上）

詩人每多無賴，詠梅花時國色天香，猶如吟頌絕代佳人，無以復加；詠蘭時亦虔心繡口，不料如今吟詠海棠，卻拿梅蘭二美作墊腳石，謗她寒酸誹她清寒，甚矣，騷客之「超過」也！

次句正說，天下百花，似乎只有海棠宜于入畫。

三句憾惜一今一古二位花卉畫家俱已沒世。徐熙為五代江南金陵

人，趙昌乃宋廣漢人，前已一見。

四句以「春風」代海棠。無人畫之上屏風，只有後村苦吟詠。

九、同題之六

特以穠纖壓眾芳，癡人癡殺恨無香。

問渠嫵媚房櫳裏，何似莊嚴几研傍？（同上）

首句把海棠的特質用「穠纖」二字勾勒出來，堪稱千古定論。

次句「癡人」，自是克莊自指，「癡殺」之下承以「恨無香」，是恨是憾，但上窺「壓眾芳」三字，則恨亦無恨矣！

三句之「嫵媚」，上應「穠纖」，猶如美人豔而有韻度。

四句一轉，令人愕然：几硯旁何指乎？謂侍伴雅人？或付諸丹青？

此詩可視作一神祕之懸案。

十、同題之七

共倒殘尊過日西，重來花事想參差。

建陽主簿今才子，焉可無詩補杜詩？（卷八，頁462）

按此十首和詩，乃和豐城熊大經者，克莊為建陽令時，大經為主簿，二人情同兄弟，且譽之為「忠孝人」，至建陽視篆之始，迎親未至，遣使馳香炬慶親庭八秩之壽，自製〈酹江月〉一曲以獻。

首句補敘二人交歡的往事。

次句重聚看花。「參差」二字甚為蘊蓄。

三句譽之有加，勉之不已。

四句更添七分力道，竟以杜甫繼人許之。

彼寫梅，此詠海棠，花花固可通也。

十一、同題之八

歸騎何須抵死催？且拈落蕊藉蒼苔。

平生酷喜坡長句，筆力今誰可奪胎？（同上）

首句謂追趕返鄉看海棠，說得稍過火。

次句謂即使趕不上海棠盛開時，拈起落蕊欣賞也未嘗不可。

三句大轉一彎：東坡曾有海棠古體詩，故謂之「長句」。

四句謂今之詩人，無可企及。

此詩因海棠而吟及古之海棠詩人。

十二、同題之九

　　暮雨廉纖似入梅，一春花月欠攀陪。

　　草生後圃深三尺，也道身為縣令來。（同上）

首句詠及季候，暮雨淅瀝，恍如黃梅季。

次句謂花月因而失色，海棠其中之一也。

三句草生三尺，意指春花不茂。

四句三尺草自稱為我縣令而來，其實我又何貴此三尺野草？

全詩用留白法惜海棠之不茁不茂。

十三、同題之十

　　海棠洞下醉忘歸，歲月如馳不可追。

　　想得千株今合抱，此生未卜同遊時。（同上）

首句吟出「海棠洞」，令人一訝。此洞何所指？是拱門？是坑洞？醉忘歸易解易感。此乃憶舊之句。

次句說歲月易逝，節奏稍緩。

三句千株合抱，只是想像之辭。

四句憾今生難再斯遊。

對于海棠，只是淡筆點到。

以上十三首海棠詩，自不同的角度、不同的時地詠讚海棠，有濃郁者，有平淡者，偶有詭異之辭。看來在克莊的心目中，海棠是僅次於梅花的一種花卉，有時甚至把它抬高至首席。

貳拾伍、長春花

　　開落元無準，穠華浪得名。

　　今朝俄綠暗，昨日尚朱榮。（卷 36，頁 1939）

此詩作于咸淳元年（1265 年）為「記小圃花果二十首」之二十。

長春花，四時常開者曰月月紅，早開者叫迎春花，鮮紅者名麗

春，又曰勝春，小而淺紅者曰粉孩兒。

首句說盡百花中一半花卉的情況。

次句先詠述長春花的穠麗，復謂「長春」一名，恐有名無實，直扣前句。

三、四句實為倒裝句，恐為平仄、押韻而作此，但仍能獲得頓挫的效果。

昨榮今暗，昨朱今綠，寫盡此一奇花的生態。

此四句亦正可以象徵人生百態。

以上八十八首，除海棠二十三首一枝獨秀外，蘭、菊、芙蓉、蓮花亦各有五首以上，此外多為各一、二首，包含「記小圃花果二十首」之大部分在內。

大致有以下六個特色：

一、花多於果，有時兼有二者，如橘與橘花。

二、白描為主。

三、偶用典，偶用喻，數量大致相埒。

四、因花及人，或以花倚人者數量不少。亦有喧賓奪主之作。

五、多為近體詩，七絕尤多，古體詩極少。

六、多為上、中品之作，偶有中下品者。

第四章　詠植物詩（下）

壹、牡　丹

　　牡丹夙稱花中之王，故繼梅、蘭之後，為本章冠冕。

一、司令為牡丹集，次坐客韻

　　　古人曾道四并難，酒量黃花頓覺寬。
　　　誰與蔡歐修舊譜，且為姚魏暖春寒。
　　　飲狂尚欲篆中舞，漏盡何妨秉燭看。
　　　國色老顏不相襯，世間何處有還丹？（卷30，頁1613）

此詩為開慶元年（1259年）奉祠家居時所作。

　　司令，即太社局令，為太常寺屬官。克莊集卷四三有〈題眞繼翁司令新居二首〉，或即指此人。繼翁為眞德秀之子志道之子紹祖字。

　　首句所謂四并，乃謝靈運所說：「良辰美景，賞心樂事，四者難并。」韓琦有「四并堂」。

　　次句謂有酒有花，甚為難得。

　　三句謂蔡京、歐陽修有花譜之作，誰能續修之？

　　四句吾等且為牡丹暖身。

　　五、六句謂以歌舞賞之。

　　七、八句以為牡丹乃國色天香，與吾輩老人不相配稱，若能有仙丹使吾人返老還春，將何等美好！

寫得風流，收得灑落。

二、諸家牡丹已謝，小圃忽開兩朵，皆大如斗，戲題二絕之一

地荒豈有雕欄護，日烈元無繡幕遮。

九十種俱開謝了，末梢開到後村花。

（歐譜云：「錢思公屏上錄九十餘種。」）（卷30，頁1615）

此詩亦于1259年，下首同此。

首二句說我的園圃樸實已極，無雕欄，亦無繡幕，足以庇蔭群花。

三句直陳諸家牡丹已謝。

四句乃謂我家小圃忽開兩朵。

全詩純紀其實，等於用四句破題。

三、同題之二

踏青人被色香迷，《擊壤》翁看蓓蕾知。

漏籍譜中無可恨，花開殿後朱為遲。（同上，頁1616）

此首從另一角度詠同一事。

首句謂我家牡丹遲開，雖只一二朵，卻吸引了不少踏青遊客。此亦破題。

次句用北宋詩人理學家邵雍（作有《擊壤集》）典：邵雍飽覽大自然秀色也。

三句謂歐陽修花譜中不及列載吾家之牡丹。

四句又謂吾園牡丹雖晚開，亦不必引以為憾。有即是美。

二詩相輔相成，惜未描寫牡丹本身。

四、記牡丹事二首之一

暴骸獨柳冤誰雪？槀葬青山過者悲。

甘露殿中空誦賦，沉香亭畔更無詩。（卷30，頁1617）

此二詩亦作于1259年。

首二句似指楊玉環死于馬嵬坡及葬于荒郊，以此象喻牡丹之凋亡。

三句指唐玄宗晚年爲李輔國所迫，居于西內甘露殿。

四句指當年招李白賦〈清平調〉，有「名花傾國兩相看」及「沉香亭北倚欄干」句。此刻花凋人散，故云「更無詩」。

花人合一，同其悲悼。

五、同題之二

西洛名園墮劫灰，揚州風物更堪哀。

縱攜買笑千金去，難喚能行一朵來。（張又新有「牡丹一朵
直千金」，張祜有「一朵能行白牡丹」之句。）（同上）

首句直指洛陽名園名花之浩劫，蓋洛陽本爲栽植牡丹之名都。

次句指揚州牡丹亦已衰歇。

三四句爲假設語：縱使有千金，欲去買佳人一笑或一圃牡丹，如今亦不可能矣。

貳、罌　粟

初疑鄰女施朱染，又似宮嬪剪綵成。

白白紅紅千萬朵，不如雪外一枝橫。（卷38，頁2055）

此詩作于咸淳二年（1266年）。

罌粟，即罌粟，九月九日及中秋後種之，花必大，子必滿。蘇軾有「童子能煎罌粟湯」之詩句。

首二句寫照罌粟之風姿：深紅而多姿。

三、四句似謂千花萬卉，都不如一枝罌粟花在雪地外舒展自如。

罌粟可製鴉片，自是有毒之物，但劉克莊此詩，乃純就審美及品賞觀點立言。

此詩自可爲罌粟花添價。

叁、紫　薇

紫薇花

風標雅合對詞臣，映硯窺窗伴演綸。

忽發一枝深谷裏，似知茅屋有詩人。（卷四，頁225）

此詩作于嘉定十四年（1221 年）。

首二句因紫薇花之豔麗而大書特書，謂此花宜伴侍朝廷中之詞臣大官。

三句忽然一轉：現實中每有出入意表之事：此花不在朝市中生長，反倒開花在深山野谷中。

四句巧爲之說。莫非紫薇花有靈，知悉我這位詩人正居此處，故而光臨相伴？

紫薇，美而靈慧！

肆、榴　花

池上榴花一本盛開

炎州氣序異，十月榴始花。是誰初植此，石蟫抽根斜。
綠陰蔽明曦，朱豔奪暮霞。始猶一二枝，俄已千百葩。
染人不能就，畫史無以加。洛陽擅牡丹，久矣埋胡沙。
蜀州誇海棠，邈然隔夔巴。安知蘺壁間，亦有尤物耶。
坐令農圃家，化爲金張家。詩人好模擬，凍蘂并寒槎。
斯篇倘令見，無乃譏吾奢。（卷七，頁 438）

按石榴花本多開放於農曆五月，故五月又稱榴月，但福建地處華南，氣候較爲炎熱，故于十月始開。

此詩作于嘉定十七年（1224 年），居家時作。

首二句謂榴花在閩晚開。

三、四句說其生態姿容，並問何人初植此，可見此花此樹，由來已久。

五、六句以朝陽、晚霞烘托之。色鮮象明。

七、八句極言其綻放之速之多。

九、十句以爲天工非人巧所能企及。

十一、十二句謂牡丹已在洛陽蒙塵。

十三、四句說海棠遠在四川。

十五、六句讚此花之不凡，且就在身邊。

十七、八句用漢代金日磾、張安史貴顯一時之典，喻富貴之家。一花能令人恍然富貴。

末四句說自己好花善詠，不論寒暖。

榴花得一知音矣。

伍、桂　花

一、桂

讒言自昔架空虛，薏苡非珠偶似珠。

半夜庭中金屑滿，老天明日費分疏。（卷九，頁 516）

此詩約作于紹定三年（1230 年）。

首二句只是做全詩的引子，泛說謠言、謊言，薏苡冒稱明珠之類的。

三、四句乃切入正題。

滿庭金屑。

以此四、五字貫穿全篇，形容月色下的桂花。

第四句只是餘波。

二、桂（溪庵種藝六言八首之三）

悟漆園自伐語，愛淮南招隱章。

臭與流芳孰愈，老而彌辣何妨？（卷 29，頁 1584）

此詩作于寶祐六年（1258 年）。

首二句引述《莊子》、《淮南子》上述桂之語而不彰明，只可看作詩中的裝飾趣味。

三句是廢話，引發四句。

四句將桂與薑相提並論（所謂「薑桂之性」），老而彌辣，老而益芳。

桂之香氣甚烈，播散甚遠，故云。

三、記小圃花果二十首之十五：桂花

叢生山上下，影在月中央。

受性老彌辣，開花晚更香。（卷36，頁1938）

此詩作于咸淳元年（1265年）。

首二句寫照其生態，兼及神話傳說。

三句與四句重複上一首的旨意，老辣晚香，說得格外清楚。

詩作多了，難免重複己意，好在表面文字不盡相同。

陸、柚　花

兩樹亭亭蘚砌傍，未論包貢奉君王。

世無班馬堪薰炙，且喚幽花亦自香。（卷九，頁516）

此詩約作于紹定二年（1229年）左右。

首句實寫，二句虛說。

三句又虛寫，四句聞香是實，「幽花」涉及品評。

可惜未能仔細描述此花之特色——一「幽」字顯然不足也。

柒、茉　莉

末　利

一卉能令一室香，炎天尤覺玉肌涼。

野人不敢煩天女，自折瓊枝置枕傍。（卷九，同上）

茉莉花清芬沁人，此詩亦由此著眼。

首句用二「一」入神。

次句又強調其季節性之功能。

三句空中飛來。

四句實寫實說，足以映現此花之迷人沁人。

捌、芭　蕉

攪醉妨眠挾雨聲，碧叢宜看不宜聽。

而今一任蕭蕭滴，華髮鯤翁徹夜醒。（卷九，頁517）

此詩與前詩作于同時，爲「留山間種藝十絕」之第十首。

首四字以「攪醉妨眠」起興，復補以「挾雨聲」三字，芭蕉之特

質如聞如見矣。

　　次句首二字狀其形色，後五字吐出自己心聲。

　　三句由一句之「雨聲」及二句之「不宜聽」引發，順流而下，四句足成其主旨。「徹夜醒」又詮釋了「攪醉妨眠」四字。

　　這一次，後村自稱「鰥翁」，稱此二字，更覺徹夜醒之可憐，以及芭蕉之可厭。

　　全詩綿綿密密，結構如常山之蛇。

玖、水　仙

水仙花

> 歲華搖落物蕭然，一種清芬絕可憐。
> 不許淤泥侵皓素，全憑風露發幽妍。
> 騷魂灑落沉湘客，玉色依稀捉月仙。
> 卻笑涪翁太脂粉，誤將高雅匹嬋娟。（卷10，頁568）

此詩作于紹定六年（1233 年）。

　　首二句以歲晚萬卉凋零反襯水仙之清芬自得。

　　三句寫其高潔。

　　四句以風、露為其妍姿添彩。

　　五以屈原為喻。

　　六句以李白相匹。

　　七、八句謂黃山谷曾有水仙詩，惜乎把水仙寫得太脂粉氣，而且以月為譬，亦不足以見水仙之高雅。

　　全詩由水仙之色到水仙之神，詠來歷落瀟灑。

拾、紅縐玉

一、摘玉堂紅縐玉二絕之一

> 顆顆芭甘液，年年飫老饕。
> 絕勝九千歲，三度竊蟠桃。（卷25，頁1392）

此二詩作于寶祐五年（1257 年）。

摘玉堂，克莊家之堂名。

紅皺玉，即紅棗。

首二句寫出紅棗之特質及詩人之愛賞，此處克莊以「老饕」自居。

三、四句用西王母植蟠桃三千年一被竊典。大意謂紅棗比蟠桃更可口。此乃夸飾之辭。

其實只有首五字是正寫紅棗。餘三句均爲側描。

二、同題之二

　　珍貴均摩勒，甘滋過醴泉。

　　謂天不吾享，豈不厚誣天？（同上）

摩勒，即庵摩勒樹，葉細似合昏花，黃實似李，青黃色核圓，作六七稜。食之先苦後甘，術士以變白鬚髮有驗。

首句用紅皺玉比摩勒果。

次句直抒「甘滋」之味，「過醴泉」，亦不免夸飾。

三、四句明言天賜珍果，實憐愛我，卻用迂迴取勢，一句分成兩句說。

五言絕句本是詩中小品，但老杜用以寫〈八陣圖〉，亦可有尺幅千里之勢效。克莊如此作品，所抒寫者甚微甚小，只可視作小小品了。

又按：一說紅皺玉爲荔枝。

拾壹、荔　枝

一、和趙南塘離支五絕之一

　　側生海畔遠難將，風日尤能變色漿。

　　借問驛馳丞相府，何如輦致道山堂？（卷八，頁 497）

此詩作于寶慶元年（1225 年）。下四首同此。

趙南塘，即趙汝談，字履常，生而穎悟，曾以苦諫而罷官，理宗

時歷給事中，權刑部尙書，卒諡文懿。

離支，即荔枝。唐詩中有「紅塵千騎荔枝來」、「一騎紅塵妃子笑」之句。

首句謂荔枝遠生於南國。

次句說由南北運，沐風櫛日，不免使荔枝變色，其果漿亦有變化。

道山堂在秘書省秘閣之後，宋高宗御書杜甫〈山水歌〉於屏，仍詔將作監米友仁書匾。景定四年，理宗復賜以奎畫，少監林希逸謹書。

末二句似謂荔枝運到丞相府，還不如直接送到皇帝家爲好。

這是政治介入了佳果。

二、同題之二

卻貢無因送上天，漫山如錦但堪憐。

羅浮所產眞奴隸，只爲曾逢玉局仙。（同上，頁497）

首二句謂荔枝在廣東羅浮山生長，漫山遍野，如同錦繡，卻未能進貢上京。

三句用蘇軾荔枝詩詩意，謂因東坡一吟，荔枝變成了奴隸，令人悵然。

蘇軾曾提舉玉局觀，故克莊稱之爲「玉局仙」。玉局之玉，或亦可視作與二句之錦字呼應。

三、同題之三

十顆千錢品最珍，北人鮐背未濡唇。

若生京洛豪華士，買斷丹林肯算緡？（皺玉盛時顆值百錢。）

（同上）

首句明言荔枝一顆值百錢。

次句「鮐背」原指駝背，此處故意形容佝僂可憐之狀。謂北方人命不好，吃不到好荔枝。

三句承二句而反之，指京洛富人也。

四句謂他們可以不計價值昂貴，大批買下羅浮山的荔枝。

全詩均為側寫。

四、同題之四

辇轂嘗新著高價，土人棄擲梗弁髦。

不嗔園客工偷竊，絕喜天公享老饕。（同上）

首句謂荔枝品珍價高。

次句謂廣東當地土著卻棄之如敝屣。呂本中《呂氏春秋集解》有云：「後有視棄其君猶土梗弁髦，曾不之省，而三綱絕矣。」

三句說有客偷荔枝。

四句謂我獨享天賜之恩物。

四句步步為營，三揚一抑（第二句）。三、四句可視作首句的具體寫照。

五、同題之五

風韻能令百果低，難將盧橘鬥新奇。

品題自合還詩祖，模寫何須覓畫師？（同上）

首句直抒，毫不假借。但既標出「風韻」二字，便勝過「之三」之論價論值了。

二句揪出「盧橘」來相伴，似謂橘不如荔枝。此處之「新奇」，正好上應「風韻」。

三句似為克莊夙好的自謙之辭：意謂品題荔枝，還得歸功于杜甫。

四句則說人人皆可模寫荔枝，我也不例外，何必別覓畫師。

三、四句表面看來是一正一反，其實旨意卻近似，謂荔枝乃果中奇品，詩畫詠之，或嫌不足。

六、和南塘食荔歎

君欲和詩無匆匆，唱首天下文章公。

今年荔子況倍熟，亭亭錦蓋張高空。

猿偷鴉啄牧童採，林間殘顆猶殷紅。
在昔唐家充歲貢，吟諷何止杜陵翁。
南窮交州西蜀土，快馬馱送如飛龍。
絳裳冰肌初照眼，玉環一笑恩光濃。
惟閩以遠幸免浼，一顆不到溫泉宮。
自從陳紫無真本，皺玉晚出尤稱雄。
遍來雞舌檀瑰瑋，贊香譽味萬喙同。
麟臺仙人親題品，天為此果開遭逢。
乃知微物似有數，聲價亦與時污隆。
列聖儉德被華戎，微如淮白不敢供。
奈何置驛奉私室，安得木鐸觀民風。
山蹊谷塹日力窮，血肩跬足馳筠籠。
請公移此食荔歎，置在薰風殿閣中。（卷九，頁564）

此詩作于紹定五年（1632年）家居時。

南塘即趙汝談，已見前詩。

首二句泛譽對方。

三、四句正寫荔枝風姿。「亭亭錦蓋」，妙喻也；「高張空」，增益筆力。

五句詠出三採竊荔枝之人「物」，一猿二雞三牧童：一由空中，一由地面，一綜空與地。

七、八句又隱約提及杜甫的荔枝詩，並陳述唐時南方歲貢荔枝入朝之事。

九、十句清楚說明產荔、貢荔之地域——越南、四川諸地皆有。「如飛龍」一喻，神氣似更勝杜詩所云。

十一、十二句以紅裳玉肌形容荔枝的身體，並述玉環之恩寵。試想：如此描寫荔枝之身，豈不縱令讀者聯想到玉環的玉體？

十三、四句說福建地遠路艱，雖有此果，卻倖免解送之苦。

十五、六句更分辨荔枝之品種：陳紫真品退隱，皺玉後來居上。按洪邁之《容齋四筆·莆田荔枝》云：「莆田荔枝，名品皆出天成，

雖以其核種之，然與其本不相類，宋香之後無宋香，所存者孫枝爾。陳紫之後無陳紫，過牆則爲小陳紫矣。」克莊即就此發揮。

十七、八句說雞舌，應爲荔枝之新品種名。

十九、二十句復渲染之。

二十一、二句借題發揮：微物有命數，聲價隨時而升降。

二十三、四句記宋高宗下令免貢：《建炎以來繫年要錄》卷 170：「紹興二十五年十二月庚辰，安豐軍進蝛鮓白魚，御筆：『朕不欲以口腹勞人，可下本軍，自今免進。』翌日進呈，上曰：『溫州柑橘，福建荔枝，去年皆全罷進，獨蝛鮓、淮白，皆祖宗歲進之物，朕恐勞百姓，所以再降指揮住罷。』」

二十五、六句謂帝已下詔免貢，何有私人擅自置驛傳送荔枝，全不知民間疾苦！

二十七、八句力述民苦運難。

末二句回到前題：請趙汝談把〈荔枝歎〉獻給朝廷，以貫徹禁令，此亦恤民仁舉也。

全詩內外兼述，亦抒亦論，有褒譽，有諷諫，可當一篇荔枝頌，亦可當作一篇韻體奏章。

七、荔枝盛熟四首之二

曾攀玉李青冥上，亦摘蟠桃縹緲邊。
定是三生有靈骨，謫歸猶作荔枝仙。（卷 16，頁 946）

此詩作于淳祐七年（1247 年）夏。

首句謂曾品嘗玉李於半空。

次句說曾摘食桃子於天邊。

三句自詡有靈骨，此詩人夸飾自得之辭也。

四句之「謫歸」，指由秘書少監任上罷歸故里。

「作荔枝仙」，謂享用閩地特產之荔枝，樂在其中，猶如神仙。

全是側寫。用二物襯一物。

八、同題之三

> 牡丹姚魏荔方陳，歐蔡亡來罕識眞。
>
> 縱使有文堪續譜，未知楷法屬何人。（同上，頁 946）

首句意謂此季牡丹（姚、魏是牡丹之二名種）與荔枝並盛。

次句謂歐陽修、蔡京之花果譜已不再傳。

三句說我雖有文采，能續二公之譜。

四句意指自己亦不解何者爲正體──正宗。

此詩有意抬高荔枝身價，故自始至終，以之與牡丹並述，且欲一較高下。

九、荔枝二首之一

> 去年一顆難鑽核，今歲千林盡著花。
>
> 老子有方能辟穀，純將絳雪代丹砂。（卷 23，頁 1305）

此二詩作于寶祐四年（1256 年）。

鑽核乃《世說新語・儉嗇》之典：「王戎有好李，賣之恐人得其種，恆鑽其核。」

首二句謂荔枝繁衍甚速，不能以鑽核限其生長。

「千林著花」確爲一片美景。

三句巧妙一轉，謂吾有新方，食之可成仙。

四句說出答案，亦即以荔枝──絳雪爲巧喻──養生，取代道教丹砂之方。

正寫、側寫各居其半。

十、同題之二

> 寂寂南州少物華，有園池處只梅茶。
>
> 荔枝花發差平等，不問貧家富貴家。（卷 23，頁 1305）

首二句泛言閩地物質缺乏，而大宗產物以梅花（含梅子）、茶葉爲主。

三句一轉：除了梅、茶，還有荔枝。

四句大大張揚荔枝之美德：對眾生一視同仁，不管是貧家或富貴

家，一律開花結果。

此詩由另一角度說荔枝，略其形貌滋味，只抒寫其「德行」。

仔細體察，則三四句與上一首之一、二句正好兩相呼應，相得益彰。

十一、採荔子十絕之一

策杖凌晨出，攜籃薄暮歸。

未知故山荔，何似首陽薇？（卷24，頁1323）

此十首詩作于寶祐四年（1256年）。

按伯夷叔齊所採食之薇，即大巢菜，野豌豆，有綠、褐二色。

首二句寫克莊自己凌晨出門，策杖、攜籃，採荔枝於故山中。

三、四句文外興思：謂伯夷叔齊所採食之薇，與荔枝有何異同？

其實二者相去甚遠：薇為野荣，色綠或褐，荔枝為水果，其色絳紅。

但詩人由入山採荔枝聯想到伯夷叔齊之採薇，行為近似，其隱者之風貌、精神亦宛然出一轍耳。

十二、同題之二

一鶴為前導，奚煩絳節哉！

樵蘇私借問：何處地仙來？（同上，頁1323）

絳節，漢使者所持赤色之符節。

前二句是說有鶴引導前去採荔枝，不須另有專人引導，絳節亦貼合荔枝的顏色。

三四句謂樵夫見我來採荔枝——一位鬚髮皆灰白的老翁，有些驚訝，乃問是否地仙降臨？

此詩未說荔枝，只寫採荔人。

十三、同題之三

開國何其忝？笈天未必俞。

繳還三百戶，換賜一千株。（同上）

首句指克莊所封之「開國男」。戶少爵微，故曰「何其忝」。

次句乃詼諧語：是說老天若知道了，也不會嘉許，也不會心安。

三句乃假設之辭：我寧可繳回朝廷這三百戶的封爵。

四句才是主題之所在：但願朝廷賜我一千株荔枝樹吧！

對荔枝如此癡情，荔若有知，亦當感動。

十四、同題之四

　　日日煩湯使，年年費火攻。

　　暮齡知艾附，不及荔枝功。（同上）

湯使，指草藥；火攻，指艾灸。

首二句是說自己年老多病，不免時常飲用湯藥，求諸針灸。

三句順水推舟，轉得自然：近年我才知道：湯藥針灸，都不如噉食荔枝之功。

荔枝的實用價值，二十字表露無遺。

荔枝火氣大，可以治寒症。

十五、同題之五

　　解使冰腸煖，能令玉色腴。

　　誰能補丹訣？素女絳羅襦。（同上）

首二句正面表達荔枝的具體功能：驅寒助暖，使面色紅潤。

三句補述此乃其醫藥功效。

四句才指出荔枝來：用一喻，似二譬。白衣絳襦，形象頗美。

十六、同題之六

　　童子偷無怪，先生老尚饞。

　　采時留絕頂，猿鳥要分甘。（同上）

首句言童子偷荔，出乎天性。

次句自陳：我這老先生也見荔枝而嘴饞。

三句一轉，實爲一大突破：我採荔枝時，記得在山頂上留下一些。

四句說明緣由：只因爲山頂上的猿猴和鳥雀，都垂涎欲滴，想分享荔枝。

寫荔枝，竟說到「民胞物與」上了。

十七、同題之七

帝享老癯仙，丹苞實醴泉。

猶嫌無仙帳，賜以錦漫天。(同上，頁 1324)

首句之「帝」，指天帝、老天。享者，賞賜也。「老癯仙」，乃克莊自稱。

次句用五字描寫荔枝之形貌。丹苞，實述；醴泉，比喻。實，充盈也。

三句妙譬：有了美食荔枝，還恐怕沒有帳幕可供，主語仍是「帝」。

四句謂滿天雲霞，猶如天織之錦帳。

以天上雲霞暗比荔枝之佳色也。

十八、同題之八

包柚《書》云爾，分桃《傳》有之。

憐渠生處遠，玉食偶然遺。(同上)

首句謂《書經》上有包柚，乃古之貢品。

次句說《左傳》上有三士分二桃故事。

前二句完全是興，引出三、四句。

三、四句又虛擬天公憐人，憐南方之人，生長於邊疆地區，故偶然遺予玉食——荔枝。四句乃倒裝句——本應爲「偶然遺玉食」。

稱讚荔枝，四面八方。

十九、同題之九

懷橘悲何及？芸瓜老不任。

摘來先廟祭，灑淚向松陰。(同上)

首句懷橘，用陸績懷橘孝親典。

次句耘瓜，用東門侯種瓜典。

二者完全是下二句荔枝之烘托。

三句不說荔枝而讀者自知是荔枝。

四句足成之。但有意無意，又用「松」來比襯。

此詩仍用婉約的方式，推崇荔枝之貴重。

二十、同題之十

> 傳得上林種，曾於艮嶽栽。
>
> 吾君無嗜好，不貢一株來。（同上）

首二句看似無稽之談，或純屬傳聞之辭。

上林苑有荔枝種嗎？艮嶽（山名，宋徽宗時於禁城東築之）又豈真曾植荔枝？

三、四句似謂今之國君 —— 宋理宗不喜荔枝（亦無其他嗜好？），故一株荔枝也不用進貢。

如此說來，京城種荔枝又似真有其事矣。

二十一、樗庵採荔二絕之一

> 村叟相持挦白髭，羨儂健似去年時。
>
> 野儒枯槁無師授，傳得單方服荔枝。（卷25，頁1393）

此詩作于寶祐五年（1257年）。

樗庵即克莊庵名。

首二句寫村叟歡迎、親暱克莊之情狀。「相持挦白髭」形象清新可愛。

三句之「野儒」應為克莊自指。

四句又說荔枝是治病健身之佳方，獨以此方傳授給鄉人。

二十二、同題之二

> 墜殼紛紛滿樹間，更拋牆外費防閑。
>
> 暗中仍被揶揄笑，此老冬烘可熱瞞。（卷25，頁1393）

首句謂荔枝熟透時之自然情狀。

次句繼之，變本加厲。「費防閑」，謂果熟則自然誘使人來偷摘。

三句一轉一百八十度：我被人揶揄被人笑。

四句述他人之語，謂克莊是一老冬烘，很容易欺瞞，可以放心採

摘他家的荔枝。

這首詩又是側寫建功。

二十三、溪庵種藝六言八首之四：荔枝

此翁見事常遲，八秩尚移荔枝。

何曾無戴白老，會須有擘紅時。（卷29，頁1584）

此詩爲寶祐六年（1258年）作。

首句用他人口吻說自己。老而遲鈍，義近癡愚。

次句詠出主旨。其實這一年克莊才七十二歲，不知爲何誇張至此。

三句故意如此說，謂天下不乏白髮老人。

四句謂老翁擘紅食荔枝，才是罕見之事。

表面上是反說。

二十四、荔厄一首

怒潦浮槎去，狂飇拔木飛。

不饒後村荔，如奪首陽薇。

任土包茅闕，過時碩果稀。

誰言長卿渴，且嚥上池肥。（卷30，頁1623）

此詩作于開慶元年（1259年）。

此年莆田有水災，首句寫洪水漂去船隻。

次句詠巨風拔走樹木。

三句切題，謂我家之荔枝亦遭殃。

四句說猶如奪走伯夷叔齊的薇菜。以此顯示荔枝之于克莊，有如性命般地要緊。

五句謂災後歉收，不能進貢，六句更直述之。

七句用司馬相如患消渴症（即今糖尿病）之典。

八句謂渴者僅飲池水，不足解渴，須美果如荔枝者方可解饞。

二十五、采荔二絕之一

日三百顆沃饞涎，肘後丹方勿浪傳。

晚與放翁爭曠達，荔枝顛向海棠顛。（卷31，頁1717）

此詩約作于景定二年（1261）。

首句明言每天要吃三百顆荔枝，此恐不免誇張。

次句謂此乃治病強身妙方，不可亂傳。

三句用陸游典，他晚年好吃荔枝，好賞海棠。

四句謂自己亦有同好：爲海棠顛狂，更爲荔枝顛狂。

二十六、同題之二

　　思蓴羹豉辭京洛，爲海棠花客劍川。

　　帝憫後村翁老病，即家除拜荔枝仙。（同上）

前句用晉人張翰典，翰在洛陽爲官，見秋風起，思念家鄉吳中之蓴羹及豉，乃命駕南歸。

次句用陸游愛海棠而久居四川典。

二人各有所好，以襯托克莊之偏愛荔枝。

三、四兩句，帝仍指天帝，純屬虛設之辭。

拜爲荔枝仙：此仙愛荔嗜荔護荔不遺餘力，故已屆仙境。

二十七、食早荔七首之一

　　苧蘿仙子絳紗裳，歲歲年年逞色香。

　　不比阿環池上果，一千年得一番嘗。（卷36，頁1918）

此詩作于咸淳元年（1265年）。

首二句又用西施比荔枝。「逞色香」簡而有致。

三句之「阿環」，一指西王母，一指楊玉環，用在此處，可視作雙關語。

西王母所種之蟠桃，三千年被一盜；而楊玉環坐享飛騎運來之荔枝。

一千年、三千年，在詩中固無大差別。

視荔枝如蟠桃，是此詩主旨。

二十八、同題之二

　　活八十年頭雪白，啖三百顆面桃紅。

村南村北無人識，向荔枝邊覓此人。(同上，頁 1919)

首句自述。

次句凸出荔枝之可口及其健身作用。「面桃紅」，是引桃輔荔。

三句故作狡獪。

四句再強調自己（此翁）之愛荔若癡。

二十九、同題之三

樹頭栗鼠往來頻，時遣鬟童作徼巡。

不是尚方要包貢，暮年賴此助精神。(同上)

首句直陳栗鼠為患。

次句遣小童巡護荔枝。

三句故意說此地不必進貢。

末句說出主旨：老年賴荔枝增長精力。

三句實一句虛，是克莊絕句常用之章法。

三十、同題之四

蜀道閩山各有之，千林紅綠任紛披。

杜詩息響難追和，蔡譜孤行欠補遺。(同上)

首二句謂四川、福建都生產荔枝。「千林紅綠」映襯得出色。

三句故意一抑：杜詩難追。

四句蔡京花果譜值得補遺，尤欲張揚荔枝。

一「之」字直貫全詩。

三十一、同題之五

萬株絳翠圖難畫，一種甘滋味鮮知。

但見美如西子舌，斷無齷上玉環眉。(同上)

首句描述其紅綠二色。

次句狀其甜滋。

三句巧喻又及于西施。

四句反喻若正。

三十二、同題之六

　　　向來喚作荔支顛，浪得顛名不記年。

　　　帝憫此翁顏色老，即家除拜荔支仙。（《列仙傳》有荔支仙人。）

　　首句自述自己被別人稱作「荔支顛」，顛者狂人也。次句增益其勢。

　　三句又用天帝為主語，虛設假擬。

　　四句再現荔枝仙字樣，與他詩重複詩意。

三十三、同題之七

　　　先生受用晚蕭然，日晏廚荒突未煙。

　　　說與兒童休見哂，摘來丹實可加籩。（同上，頁1920）

　　首句「受用」正常，「蕭然」令人訝異。

　　二句解答了謎題。

　　三句向兒童說，因兒童天真也。

　　四句：唯荔枝丹實可以佐餐，甚至取為正餐。

　　此詩可作為七首之總結。

三十四、表弟方時父寄荔子名草堂紅，若欲與吾家玉堂
##　　　　紅爭名者，次韻謝之

　　　忽有尺書來委巷，斷無半顆奉權門。

　　　且為錦荔支聯句，不記金蓮燭代言。

　　　頗羨綵毫撝老作，未應丹實減初元。

　　　明年倍熟平分吃，暢穀茲溪與後村。（卷39，頁2064～2065）

此詩作于咸淳二年（1266年）。

　　首二句破題，記表弟贈荔枝之情，次句尤見其情真意摯。

　　三句說吟詩，四句以反面事相襯。古時御前習用金蓮燭。

　　五句說對方詩好，六句讚荔枝之美。

　　七、八句預約明年共享新果實。茲溪，即方時父的字。

三十五、又采荔一首

　　　我已歸尋烏石路，人誰肯顧雀羅門。

荔三百顆猶能啖，椿八千秋不足言。

唐貢華清勞歲歲，宋蠲驛置惠元元。

客詢老子休糧訣，丹實漫山更滿村。（卷 39，頁 2065）

此詩與上詩作于同時。

首句我已隱退，次句說我家現在門可羅雀。二句爲流水對，對仗甚巧妙。烏石路、雀羅門，巧奪天工。

三句又是三百顆，猶如李白之三百杯。

四句用《莊子》語，椿爲長壽之木，以八千年爲春、八千年爲秋。此謂吾雖長壽，不敢自比永年之神木。

五句述唐廷須南方貢荔枝，六句說宋代自高宗起已有禁貢免貢之令，施惠黎民。

七句又虛設一客，又以「老子」自居：休糧訣，代米粮之良方也。

末句又舉出荔枝來。「漫山」「滿村」，勢不可當，幾於入神矣。

劉克莊荔枝詩經挑揀後，得此三十五首，可謂洋洋壯觀矣，以數量論，僅次於梅花。

拾貳、柳　花

嘲柳花

吹去飛來似有情，禁煙時節徧春城。

比氄鋪徑何其奢，擬雪因風得許清。

閱武活殘兒命薄，章台走倦尹才輕。

滿地無處看金鯽，閑倚朱闌聽唼聲。（卷 31，頁 1694）

此詩作于景定元年（1260 年）奉祠家居時。

首二句破題甚切，時地風味俱全。

三句寫其「徧」，四句應首句。

五、六句用典不免嫌隔。

七、八句設想甚妙，柳花徧揚，連池水都被遮掩了，故看不見金鯽魚，只好倚欄細聽魚之唼喋聲了。

以此寫柳花，神餘韻遠。

拾叁、眞珠花

> 匝地無人管，逢春作意開。
> 得非回合浦，又似下瑤台。
> 點點垂鮫淚，纍纍奪蚌胎。
> 主君休愛惜，曾累伏波來。（卷33，頁1808）

此詩作于景定五年（1264年）家居時。

眞珠花，本名蒴藋，忍冬科，多年生草本，生于山野中，莖接骨木，莖高六七尺，葉對生，羽狀複葉（亦有單葉者），由五片或七片之小葉聚成，廣披針形，有鋸齒，夏日簇開白色之小花，後結實，爲小粒形，莖葉及花皆可入藥。花、實如珍珠，故有眞珠花之名。

首二句破題切當。

此花多在南方生長，故有三句，且應合「合浦珠還」之典故；四句謂此花如仙界之物。

五、六句連用二喻：鮫淚、蚌胎，更增益讀者印象。

七、八句無中生有：謂君主不必偏愛此花，因爲當年馬援曾因珍珠受謗——彼爲薏苡，此爲蒴藋，二者皆似珍珠也。

拾肆、檳　榔

一、林卿見訪食檳榔而醉明日示詩次韻一首

> 壯於蔾子大於榛，咀嚼全勝麴蘗春。
> 俚俗相傳祛瘴癘，方書或謂健脾神。
> 素知鯨量安能醉？但取雞心未必眞。
> 一笑何妨玉樹倒，貧家幸自有苔茵。（卷36，頁1931～1932）

此詩作于咸淳元年（1265年）致仕居家時。

首句描寫檳榔之形象。

次句獨說檳榔之美味。按檳榔雖偶爲古人吟詠，今人亦有知音者，如余光中即曾以詩記之。

三句詠其功用。

四句續說一效。但古人知識畢竟有限，渾不知此物可致口腔癌。

五句謂檳榔可醉人。

六句作者有腳注：《本草》云：「尖長者名檳，圓倭者名榔。」檳力大，榔力小，醫家不復細分，但取作雞心狀，卿所食豈非似雞心者？

七句謂既醉而倒，一笑置之可也。

八句說醉倒在草地上，亦頗風流。

此詩寫檳榔只見其美好，不知其後患也。

二、次林卿檳榔韻二首之一

芳洲彌望總荒榛，此物偏霑雨露春。

海賈垂涎規互市，夷人嚼血賽媒神（南中有媒人廟，淫奔者以檳榔血塗神口。）

扶留葉嫩供湯使，大腹形同混僞眞。

樹下苺苔堪健倒，華堂何必錦爲茵？（卷36，頁1941）

此二詩同上首作于1265年。

首句以荒榛作背景。

次句正捧出主角檳榔。

三句說它熱門，四句一說它顏色似血，再說它可用來賄神。

五句詠其藥效。

六句吟其眞僞難分。

七、八句又說吃檳榔易醉，醉了便倒在樹下，末句形同贅語。

此詩較前一首內容稍增。

三、同題之二

錦衣旋剖苞中食，梔面俄迴鏡裏春。

始信中華禁酒國，不如南粵主林神。

金盤堆送渠矜貴，糟甕酣釀子任眞。

赤腳蹈冰聊取快，誰能擁妓坐重茵？（同上）

首二句寫富貴中人亦嗜食檳榔。

三句烘托四句，謂檳榔能醉人，然不得禁也。

五、六句寫貴人取食檳榔之實況。

七、八句寫嚼食檳榔之樂，可比美炎日踏冰，不是擁妓坐茵者流所能夢見。

此首寫實處略勝過前二首。

拾伍、藕

憶藕一首

昔過臨平召伯時，小舟就買藕尤奇。

如拈玉塵涼雙手，似瀉金莖嚥上池。

好事染紅無意緒，癡人蒸熟減風姿。

炎州地狹陂塘少，渴死相如欠藥醫。（卷四，頁221）

此詩作于嘉定十四年（1221年）。

臨平湖在仁和縣東長樂鄉，周圍十里。

召伯不詳。

首句說明時地，次句買藕切入正題。

三句寫觸覺之佳，四句詠味覺之美。

五句說有閒人多事，把藕染紅，莫名其妙。

六句說有傻人蒸藕以食，其實風味大減。

七、八句謂司馬相如之消渴症無藥可治，但蓮藕能除煩止悶，治口乾渴疾，見明人朱橚〈普濟方〉卷178。

全詩既記往，又描寫藕本身的生態；然後斥駁妄人對藕的不智行為，並陳述藕的醫療效用，可謂面面俱到了。

拾陸、芥　菜

蕭翁餉石門芥菜

食指清晨動，饞涎異味來。

高情分石荇，辣性似狙徠。（卷21，頁1209）

此詩作于寶祐三年（1255年）春奉祀家居時。

蕭翁，即林希逸。石門，在福清縣。芥菜又名芥藍菜，葉如藍而

厚，有辣味。

　　徂徠，石介字守道，丁父母憂時耕于徂徠山下，葬五世之未葬者七十喪。以《易》教授于家，魯人稱之爲徂徠先生，其性情剛正。

　　首二句破題，對仗得工巧。

　　三句又巧用同音字。

　　四句以石介之剛介性情喻芥荣之辛辣味。

　　芥荣素少人吟詠，如此二十字，不多亦不少。

拾柒、松

一、道旁松一首

　　　入閩多古松，夾道踈復密。
　　　未曾識兵火，旣久蔽白雪。
　　　蠢茲游惰民，深夜腰斧出。
　　　斸根取脂肪，竊負如鬼疾。
　　　譬如人刖趾，僵仆立可必。
　　　供君一瞬光，天彼千歲質。
　　　暴殄聖垂誡，樵採官著律。
　　　徼吏嗜雞豚，熟視不訶詰。
　　　登高撫路逵，巨幹日蕭瑟。
　　　哀哉暑行人，暍死誰汝恤。（卷六，頁 394）

此詩作于嘉定十六年（1223 年）里居時。

　　首四句破題，時地及其生態俱全矣。

　　次四句詠遊民砍伐此松之情狀，頗似春秋之筆。

　　復用四句比喻於人體，且斥責之。

　　再四句責備官員受小賄乃睜隻眼閉隻眼不加約束。

　　末四句嘆息大樹凋零，行人行將曬死。

　　全詩只有二喻，其他全屬白描及直述，但筆力激昂壯烈。

二、松

　　　一生著數落人先，白髮栽松故可憐。

　　　　待得伏菟堪採掘，此翁久已作飛仙。（卷九，頁 516）

此詩作于紹定元年（1228 年），爲「留山間種藝十絕」之三。

　　伏菟，一名伏苓、伏靈、松腴、不死麵，生深山大松下。古松久爲人斬伐，其枯槎枝葉不復上生者，謂之伏苓。

　　首句自抒，言己命舛。此非正情。

　　次句白髮栽松，可憐亦可愛。

　　三句謂待松老成伏苓時。

　　四句說那時自己早已仙去。

　　此詩以老人對松，松兆長年，然人壽有限，此中涵義，頗爲弔詭。

三、賦得老松老鶴各一首之一

　　　　山禿林疏萬竅風，獨全晚節傲嚴冬。

　　　　老惟交此三益友，夢不貪渠十八公。

　　　　青帝行將轉郁律，蒼官何必愛秦封？

　　　　樹根定有苓堪掘，造物方當壽此翁。（卷 20，頁 1124）

此詩作于寶祐元年（1253）冬。

　　首二句破題入神。

　　三句謂自己老來喜交歲寒三友——松、竹、梅。

　　四句謂我不是貪圖其爲公侯貴冑。十八公乃「松」字之拆字格，又配合秦始皇封五松大夫之典。

　　青帝爲五天帝之一，主東方，爲春之神。五句詠春之降臨，六句呼應四句。

　　七句又用伏苓之事典。

　　八句謂天壽此松。

　　松之高貴堅卓，盡在此中。

四、溪庵種藝六言八首之一：松

　　　　且與古梅爲友，未論茯苓可仙。

　　　　一寸靈根蟠地，十年黛色參天。（卷 29，頁 1583）

此詩作于寶祐六年（1258 年）奉祠家居時。

首句以松、梅並舉，皆克莊之至愛。

二句又說茯苓，此物食之可成仙云。

三句說松樹靈氣十足。

四句實描其形態。「十年」酷對「一寸」。「黛色參天」才是全詩核心。

拾捌、柏

> 蟠據祠前得地，生長石間棄才。
> 子美永歌不足，之罘苦招未來。（卷29，頁1585）

此詩亦作于1258年。

此爲「溪庵種藝六言八首」之七。

首二句破題：指出它的生長空間：祠前、石間。

「棄才」二字，充滿惋惜之情。

三句用老杜〈古柏行〉，四句似指陽主祠（在登州之罘山下，有秦始皇所樹石刻。但未見柏樹之記載）。

「苦招未來」，或指此祠之前宜有蒼柏。

此詩前旺後弱。

拾玖、松　柏

一、歲寒知松柏之一

> 植物惟松柏，蒼蒼貫四時。
> 歲雖寒不改，人到老方知。
> 風籟龍吟冷，冰枝鶴立危。
> 一株獨青在，（莊子「松獨青青」）萬木後凋誰。
> 齊寢樵蘇矣，秦宮點涴之。
> 斧斤尋未已，善保棟樑姿。（卷28，頁1549）

此二詩作于寶祐六年（1258）年夏。

首二句破題，平實可喜。

三、四句一寫實，一虛寫。然雖爲虛寫，亦切合作者之生活體驗。

五句擬之為龍而有聲，六句實寫冬景，而鶴亦可以喻松柏之高潔。

七、八句用《莊子》文典重複前四句的意涵，但運用了一個問句，比較活潑。

九句傷于樵蘇，十句尊于始皇。

最後祝福松柏在風雨中善自保重。

「歲寒知松柏之後凋」乃孔子之嘉言，今出自詩人筆下，又是另一番風情。

二、同題之二

　　松柏無姿媚，平時未易看。
　　要知渠特操，直待歲隆寒。
　　塞草枯先白，江楓冷變丹。
　　凜然友青士，至此識蒼官。
　　物遁天刑少，人全晚節難。
　　惟應漆園叟，與舜合而觀。（同上）

首句「無姿媚」說得直率而切當。

次句增益其勢。

三四句補充說明。

五句以塞草為比：先白；

六句用江楓為喻：變紅。

二者皆不能如松柏之四季常青。

五六句用「友青士」對「蒼官」，極精確，亦有三分諧趣。

七、八句儼然座右銘或寓言論。

九、十句又引述《莊子》：莊生將松柏與人類中的大舜合併而論：皆有超越凡俗之節操。

松柏合觀，與分述並無大異，但氣韻更足。

貳拾、楮　樹

　　楮樹婆娑覆小齋，更無日影午窗開。
　　一端能敗幽人意，夜夜牆西礙月來。（卷五，頁332）

此詩作于嘉定十五年（1222 年）。

　　楮樹，子似桃實，二月開花，色連著實，七八月熟，鹽藏之，味辛，出于交趾。

　　首句破題，次句益勢。

　　前二句遮日光。

　　三句敗興。

　　四句礙月。

　　後二句蔽月光。

　　總而言之，楮樹日夜遮蔭敗幽人（詩人）之興致。

　　不過前後寫法各殊，頗見變化之妙。

貳拾壹、竹

一、栽　竹

　　借居未定先栽竹，爲愛疏聲與薄陰。

　　一日暫無能鄙吝，數竿雖少亦蕭森。

　　窗間對了添詩料，郭外移來費俸金。

　　自笑明章在何處，虛簷風來且披襟。（卷五，頁 336）

此詩作于嘉定十五年（1222 年）歲末。

　　首句破題乾脆利落。

　　次句說出竹之二妙。

　　三句用晉人「何可一日無此君」語，四句足成其意。

　　五句雅，六句俗。爲了對仗，出此下策。

　　七、八句結得灑逸：

　　今朝有竹今朝涼！

二、十一月二日至紫極宮誦李白詩及坡谷和篇因念蘇李聽竹時各年四十九予今五十九矣遂次其韻

　　翰林兩仙人，偶來聽風竹。

　　蕭蕭玉千竿，采采綠一掬。

少時身不羣，中歲乃見獨。

嗟予長十年，所至戀三宿。

徑當還笏歸，奚俟撰著卜。

夜郎與儋耳，老大費往復。

宜州殿其後，路險車又覆。

山中採芝去，舍不炊粱熟。（卷16，頁916）

此詩約作于淳祐五年（1245年）。

紫極宮，在饒州，後改名天慶觀。

首句二仙指李白、蘇軾。

次句因二人來遊引出主角風竹。

三句正面描寫竹子之風姿，翠綠，如玉。

五、六句說李、蘇之少有大志、中年卓犖。

七八句回到自己身上，謂五十九歲之我，亦來此一遊，連住三夜。

九、十句謂自己宜早辭官歸隱：這是李、蘇的模範，也是竹的啓示使然。

十一、二句夜郎、儋州分指李白、蘇軾晚年的貶謫之所。

十三、四句謂山谷亦貶宜州，其險困一如李、蘇。

十五、六句半實半喻，說退隱的好處。

一竹貫千年，一竹喻萬隱。

三、溪庵種藝六言八首之二：竹

卿輩敗人清思，此君有歲寒心。

寧許子猷借宅，莫放阿戎入林。（卷29，頁1584）

此詩作于寶祐六年（1258年）。

首句謂俗人不解雅趣，躁噪敗人清思。

次句正面詠竹：有松柏歲寒不凋之心。竹與松梅同爲歲寒三友之一，豈枉然哉！

二句用二一三句式，拗口而厚重。

三句王子猷一日不可無竹，借宅亦重竹。

四句說王戎每與阮籍輩為竹林之遊。但在克莊看來，鑽核吝李之輩，實為俗物，故欲不教他入竹林，以免玷辱竹之清譽。

此詩結構為：一反一正，一正一反。

貳拾貳、榕

一、榕台之一

拔地高崖如鐵色，拂天老樹作寒聲。

他年記宿榕台夜，便是南歸第一程。（卷六，頁 373）

此詩作于嘉定十六年（1223 年）。

榕台，在桂林府臨桂縣，寶積山上有武侯祠，號臥龍山。世傳馬賨曾建亭于山之東南，有老榕樹生半崖間，虯枝密葉，如垂翠幄。石壇鐫「榕台」二字。

首句說榕台。

次句描寫榕樹，有聲有形。

末二句自述行踪。「南歸」，指由廣西辭官返家鄉之旅。

次首後二句云：「一事尙堪誇北客：來時詩少去時多。」亦應與榕台直接有關。不過次首全未正寫榕與台，故不另述。

二、門前榕樹

木壽尤推櫟與樗，觀榕可信漆園書。

絕無翡翠來巢此，曾有蚍蜉欲撼渠。

五鳳修成安用汝，萬牛力挽竟何如？

山頭旦旦尋斤斧，擁腫全生計未疏。（卷 23，頁 1274）

此詩作于寶祐三年（1255 年）。

首二句謂櫟、樗因無用而長壽，榕樹亦庶幾近之。

三句說榕為平凡之木，高貴的翡翠不會來此作集。

四句說偶有蚍蜉來蝕之，亦無大礙。

五句謂它與鳳凰無緣。

六句說萬牛力挽亦不必。

七句謂斧斤時時入山林。

八句說榕樹生存得悠然自得，以拙全生。

全詩完全是一篇議論文章，只是以具體事物加以點綴抒發而已。

貳拾叁、樅　樹

寄題惠州嘉祐寺坡公手植樅樹

誰道炎州無勁植？君看韓木與蘇樅。

憩棠此日成遺愛，伐樹當年不見容。

巴俗曾傳萊相柏，番人猶敬范公松。

閱三甲子方拈出，吳令之賢豈易逢？（卷21，頁1183）

此詩作于寶祐二年（1254年）。

嘉祐寺在惠州，河之南岸，城隍廟側，宋佛印禪師開山道場也。

樅樹，松杉科，常綠喬木，高數丈，樹皮略作灰白色，老時色褐，且生龜裂，易剝脫，葉線形，尖端二裂，夏月開花，單性，雌雄同株，果實呈圓錐形，長三四寸，木材輕軟，爲建築製器及造紙之料。

首二句正面稱許樅樹爲一種「勁植」。

三句謂此木高大多蔭，宜乎休憩。

四句謂樅有尊嚴，不容隨意砍伐凌辱。

五、六句以松柏比匹之。

克莊與東坡相隔一百五十年以上，故七句謂三甲子（一百八十年），此樹乃坡公手植也。

八句吳令，似指歸善縣令，但不可考。

是否這位「吳令」，曾重整此木，或另加培護，只能猜測了。

貳拾肆、落　花

一、落花怨十首之一

昨日十分春，今朝幾聚塵？

可憐傍輦者，有愧墜樓人。（卷43，頁2269）

此詩作于咸淳四年（1268 年）。

首二句破題甚好，「幾聚塵」尤精彩。

三句所謂「傍輦者」，乃指趨炎附勢，或缺乏骨氣的人。

四句墜樓人指爲石崇殉情的綠珠。杜牧詩中有「落花猶似墜樓人」之句，克莊用此而引申之。

二、同題之二

> 輕薄防歌扇，回旋戀舞衣。
> 不愁無葬地，猶擬上天飛。（同上）

首句說花怕仕女手中的扇子，亂揮一氣，妾身便告飄零。

次句謂自己迴旋飛舞，一似舞衣，「戀」是巧爲模擬之辭。

三句一抑。

四句一揚，收得大方。

由歌扇而舞衣而上天，好一個風流落花！

三、同題之三

> 越公多美妓，衛尉是名姝。
> 無計留紅拂，傷心墜綠珠。（同上，頁 2270）

首句指楊素之侍女紅拂，次句指石崇（晉之衛尉）養名姝綠珠。均以喻花。

三句謂紅拂隨李靖遠颺，對楊素來說，猶如落花。

四句則指孫秀殺石崇後，欲得綠珠，珠自投樓死，猶如落花墜地。

二女全然不同，但同爲愛情之忠貞女，春花乎，落花乎？亦不必深計矣！

四、同題之四

> 滕叔死千載，猶存蛺蝶圖。
> 狂風一夕起，盡化作青蚨。（同上）

滕叔，指唐滕王元嬰，高祖第二十二子，善畫蟬雀、花卉，而史傳不載。王建〈宮詞〉：「內中數日無宣喚，傳得滕王蛺蝶圖。」

首二句即詠此人此事。

三句一轉，狂風乍起。

四句謂蝶化爲錢。也許是花化爲青蚨。是落花乎！

蝶也，花也、蚨也，三者合一矣。

此爲遊戲之作，意境曖昧。

五、同題之五

　　春去花開謝，君王豈復知？
　　不如劉項際，猶有葬虞姬。（同上）

首二句寫盡帝王之無情。一女子的命運，在他們心目中，不過等同一片落花！

三、四句以項羽、虞姬的悲壯故事作逆說，頗爲動人心魄。

人非花，虞姬佳人，壯烈殉夫，亦非落花之比！

六、同題之六

　　開遍千紅紫，東望力最多。
　　朱明笑青卉，無奈百花何！（同上）

首二句說春神有功於春花遍放。

三句一轉，謂夏神只能笑青草，可是對百花之開落，卻無能爲力。

花開花落，本是大自然的自然現象，連神明也未必能主宰之。

七、同題之七

　　天女殷勤散，風姨儚愁空。
　　兒童掃落葉，蜂蝶抱枯叢。（同上）

首句說花開。

次句詠花落。

各用一神明立說。

三、四句是落花墜地後的兩種反應：

三句兒童掃落葉，亦掃落花。

四句蜂蝶抱枯木，唯有惆悵。

八、同題之八

> 徐庾空浮豔，何曾有一篇？
>
> 我朝惟二宋，絕唱兩三聯。（同上，頁2271）

此詩專就詩人詠落花著筆。

首二句謂徐陵、庾信，詩風素稱浮豔，卻沒有吟詠落花的詩篇。北宋有宋祁、宋庠兄弟曾詠落花成聯。

此詩純述事，實乏詩情。

九、同題之九

> 已費栽培力，又爲膏沐容。
>
> 花神渾忘卻，將謂屬東風。（同上）

首二句之主語在三句之首——花神。

花神栽了百花，又賜其美貌佳色。

三句語氣一轉，做了一半，忘記後一半——保護它們長生久視。

四句說花神把後一半的責任推卸給東風，而東風卻恣意吹拂，使百花飄零墜落。

設想甚妙，實有創意。

十、同題之十

> 謝女吟邊絮，英臺去日衣。
>
> 不應零落盡，惟見蝶兒飛。（同上）

首句指謝道韞詠雪若柳絮，次句指祝英台、梁山伯故事。浙江四明縣西十里，有二人之墓及廟。二人同學三年，山伯不知英台爲女，因同學而同葬焉。傳說英台、山伯死後，雙雙化蝶而去。

此詩用二才女之典，爲落花護駕，以爲天下名花，不應落盡，徒令蝶兒傷心。

四句似疏實密。

　　以上八十六首詩，大部分是詠花詩，小部分是詠樹詩，亦有因花

及人、因樹及壇者。

　　大致說來，這些作品有以下六個特色：

　　一、直述白描爲主。

　　二、少用比興，偶有譬喻，亦鮮巧妙生鮮者。

　　三、用典較多，有的活，有的死，有的生動，有的隔閡；有些典故一用再用。

　　四、體裁方面，以近體詩爲大宗，絕句略多於律詩，七絕尤多。

　　五、擬人、比較（對比、襯托）法外，鮮用其他修辭技巧。

　　六、多爲中品之作，亦有中上、中下者，只有極少數爲上品作。

第五章　詠器物詩

所謂器物，乃日用或家常之物品，由琴、棋始，至鞭止。

壹、琴

　　□□□琴癖，淵明獨不然。
　　所藏聊備物，欲拊更無絃。
　　焦尾珍無價，朱絲絕有年。
　　曾參徽外趣，肯向譜中傳？
　　抱在王門下，彈於日影邊。
　　兩生爲巧累，益見此翁賢。（卷28，頁1538）

此詩作于寶祐六年（1258年）夏。

　　前三字今缺，吾意或爲「古人有」三字。

　　首二句以古人映襯淵明之獨特。所謂「琴癖」，指撫琴出聲。

　　三、四句直接描寫他的無絃琴。琴而無絃，只可賞玩，不可彈奏。「備物」其實說得太輕，第四句五字字字入神。

　　五、六句仍說同一事，卻巧運對仗。以「焦尾」對「朱絲」固是一絕，以「無價」配「有年」更是妙想。

　　七、八句用曾子解得琴外之趣一典，卻憾惜他未能傳之於後世。

　　九、十句亦用有關彈琴的典，對仗亦好。

　　但末二句卻順勢而下，說以上二人巧於彈奏，卻反爲身累，遠不

如陶翁之「畜素琴」而「無絃」，「每有酒適，輒撫弄以寄其意。」(《宋書·陶潛傳》) 之自得自在。

此詩一波三折，餘音繞樑。

貳、棋

一、棋

> 十年學奕天機淺，技不能高謾自娛。
> 遠聽子聲疑有著，近看局勢始知輸。
> 危如巡遠支孤壘，挾似孫劉保一隅。
> 未肯人間稱拙手，夜齋明燭按新圖。(卷二，頁 132)

此詩作于嘉定十三年（1220 年）。

首二句自述學棋經歷及造詣。讀此二句，於我心有戚戚焉。

三句故設疑局，四句令人解頤。

五句六句巧用典，妙用譬。先用張巡、許遠之守睢陽危城典，次用孫權、劉備之保江南、蜀地，運之以喻圍棋的棋局，甚為恰切。

七、八句是奕者的倔強。恰好與首二句對擎。吾雖技不甚高，亦未甘以「拙手」自居，故夜燭研棋，孜孜矻矻。

二、象奕一首呈葉潛仲

> 小藝無難精，上智有未解。
> 君看橘中戲，妙不出局外。
> 屹然兩國立，限以大河界。
> 連營稟中權，四壁設堅械。
> 三十二子者，一一具變態。
> 先登如挑敵，分布如備塞。
> 盡銳貫吾勇，持重伺彼怠。
> 或遲如圍莒，或速如入蔡。
> 遠砲勿虛發，冗卒要精汰。
> 負非繇寡少，勝豈繫疆大。
> 昆陽以象奔，陳濤以車敗。

匹馬郭令來，一士汲黯在。
獻俘將策勛，得雋眾稱快。
我欲築壇場，孰可建旗蓋？
葉侯天機深，臨陳識面背。
縱未及國手，其高亦無對。
扭捷敢饒先，諱輸每索再。
寧爲握節死，安肯屈膝拜。
有時橫槊吟，句法尤雄邁。
愚慮僅一得，君才廼十倍。
霸圖務并弱，兵志貴攻昧。
雖然屢虢獲，詎可自侈怤。
呂蒙能馘羽，衛瓘足縛艾。
南師未宜輕，夜半防斫寨。（卷五，頁332～333）

此詩作于嘉定十五年（1222年）。

此詩寫象棋：宋代象棋的佈局、子數及奕法已與今日大致相同。

橘中戲：《說郛·卷117》：「巴邛橘園中，霜後見橘如缶，剖開，中有二老叟象戲。一叟曰：『橘中之樂，不減商山，但不得深根固蒂爾。』一叟取龍脯食之，食訖，餘脯化爲龍，眾乘之而去。」

圍莒：《左傳·成九年》：「冬十一月，楚子重自陳伐莒，圍渠丘。渠丘城惡，眾潰奔莒。戊申，楚入渠丘。」

「昆陽」以下四句：更始元年三月，漢光武與諸將徇昆陽，定陵郾，皆下之。時有長人巨無霸，長一丈，大十圍，以爲壘尉。又驅猛獸虎豹犀象之屬以助威武。光武乃與敢死隊三千人從城西水上衝其中堅。虎豹皆股戰，士卒爭赴溺，死者以萬數。又：房琯與賊軍對壘于咸陽縣之陳濤斜，官軍敗績。琯用春秋車戰之法，以車二千乘，馬步夾之。既戰，賊順風揚塵鼓噪，牛皆震駭，因縛芻縱火焚之，人畜撓敗，爲所傷殺者四萬餘人。又：郭子儀以數十騎會見回紇軍，免冑而慰勞之，回紇軍皆捨兵器下馬，齊拜曰：「果吾父也。」又：漢武帝以汲黯爲社稷之臣，衛青侍中，帝踞廁見之，丞相公孫弘宴見，上或

時不冠而至；如見黶，不冠不見。四句中之象、車、馬、士，恰為象棋中四子。

「呂蒙」以下四句：曹操派徐晃救曹仁，關羽不能克，引軍退回。孫權已據江陵，盡虜羽之士眾妻子，羽軍遂散。權遣將逆擊之，呂蒙等追及羽並斬之。又：晉人鄧艾、鍾會伐蜀，衛瓘以本官持節監鄧艾及鍾會軍事。蜀既平，會遣瓘先收艾，會以瓘兵少，欲令艾殺瓘，因加艾罪。瓘知欲害己，夜至成都，收艾所統諸將，稱詔收艾，平旦開門，瓘車逕入，至成都殿前，艾未起，父子俱被執。

此詩亦述亦抒，巧用歷史上戰爭多例，來比喻象棋的棋術。

首十句說明象棋之大概佈局及棋子（三十二子，兩家各十六子）。說得十分清楚。首二句之大綱亦精警。

十一句以下，細寫攻戰之法。十七句起，開始把各子的功能一一分述：砲、卒、象、車、馬、士、將……。又示知眾寡不是勝負的重要條件。

之後乃稱許葉潛仲是此中高手，並用「握節死」、「橫槊吟」等故典，（一為蘇武，一為曹操）加以比喻。

然後又以併弱、攻暗為法則。

最後四句，隱示用奇兵可以制勝，但千萬不可輕敵，要處處慎防。

一篇棋詩，如說兵法，一氣貫之，使人讀之入迷。

三、棋聲花院閉（少作）

> 靜院閉花時，沉沉晝漏移。
> 偶然聲出戶，應是客圍棋。
> 夜寂推枰響，機深落子遲。
> 惱禪天女去，人定老僧知。
> 鵲至難傳藝，鶯啼許借枝。
> 須臾分局勢，何待爛柯為？（卷28，頁1539）

「棋聲花院閉」，乃唐人司空圖詩句。

首二句破題，把「花院閉」三字充分展衍開來。

三、四句又把「棋聲」二字詮釋了。

五、六句細寫下棋時的情狀。

七、八句用二喻示知下棋專心之難能。

九、十句謂運用之妙，存乎一心；巧者可以借力使力致勝。

十一、二句謂速戰速決，自有好處。王質觀仙人下棋而爛其斧柯，不宜羨，不宜學。

此詩應是寫下圍棋的情形。寫來頭頭是道。

叄、笛

一、月下聽孫季蕃吹笛

孫郎痛飲橫長笛，玉樹胸襟鐵石顏。
解噴清霜飛座上，能呼涼月出雲間，
病創凍馬嘶荒塞，失侶窮猿叫亂山。
可惜調高無聽者，紫髯白盡鬢毛斑。（卷二，頁 123）

此詩作于嘉定十三年（1220 年）。

首句破題「橫長笛」之前加一「痛飲」，令讀者雙眼為之一明。

次句描寫孫氏，玉胸鐵顏，好一個男子漢！

三句噴清霜，寒冽；四句呼涼月，韻遠。

五句、六句以馬、猿為譬，一狀荒涼無奈，一狀哀傷斷腸。此皆笛音所傳達之情感。

末二句寫知音難遇，催人老去。

全詩四句寫人，四句寫笛音，結構勻稱均衡。

二、聞笛之一

少年毳馬逐秋風，笛起連營響裂空。
今夕夢回村墅冷，一枝孤奏月明中。（卷四，頁 241）

此詩作于嘉定十四年（1221 年）。

首句憶舊：毳馬秋風，四字三意象。

次句入題，「響裂空」最能勾勒出笛音之特質。

三句撫今。

四句又見笛音：一枝孤奏月明中，七字二意象，然足以與次句抗衡。

由笛音見歲月滄桑。

此詩有笛音，亦有笛。「一枝」二字是矣。

三、同題之二

初如廢將哭窮邊，又似孤臣訴左遷。

何必謝公雙淚落？野人聽罷亦悽然。(同上)

首二句以二喻譬比笛音，其實「哭窮邊」、「訴左遷」兩個意象相去不遠，若必欲分辨之，則是一剛一柔。

謝公雙淚落，應是指謝安，乃國之大臣之代表。

野人則是在野之布衣百姓，二者正相對峙。

不論貴賤貧富，聞此哀音，皆不免感動泣下也。

此詩與上一首，互倚互補，各盡其致。

肆、杖

一、送拄杖還僧

頭白高僧行腳懶，一枝筇竹久生苔。

不逢太乙燃藜照，時借山翁荷篠迴。

夜掛多尋蕭寺壁，曉拈恐化葛陂雷。

還師此物禪須進，曾入詩人手內來。(卷一，頁 41)

此詩作于嘉定十一年（1218 年）左右。

葛陂雷：費長房辭翁歸，翁與一竹杖曰：「騎此任所之，則自至矣。既至，可以杖投葛陂中也。」長房乘杖，須臾而歸。自謂去家才旬日，不知已十餘年矣。以杖投陂，顧視則已化為一龍。

首二句破題而有風致。

三、四句謂未逢神人，卻得杖自山翁。

　　五句點出僧人身分及生活方式，六句用典而故神其事。爲了押韻，故以「雷」代「龍」，但「雷」字自有姿韻及力道。

　　七句謂杖可爲師，禪境可進。

　　末句只是餘波，亦切題旨。

　　此杖經克莊一番描寫，似已出神入化矣。

二、邛　杖

　　　珍重邛山鶴膝枝，十年南北慣攜持。

　　　扶登石壁寧嫌峻，拄過溪橋肯避危？

　　　昔涉畏途麾不去，今行平地棄如遺。

　　　主人尚要防衰老，會有重拈入手時。（卷四，頁233）

此詩作于嘉定十四年（1221年）。

　　首句以「鶴膝枝」喻手杖，妙。

　　次句寫杖之歷史。

　　三、四句並陳此杖之功能：登高、越溪。

　　五句謂昔不可缺，六句言今已棄之。

　　七、八兩句平實補救，但就詩而言，已似強弩之末矣。

　　此詩與上詩相比，畢竟比較平凡。

伍、冠

椶　冠

　　　羽士過門賣，新翻樣愈奇。

　　　堅如龜屋製，精似鹿胎爲。

　　　邛杖扶相稱，唐衣戴最宜。

　　　笑他蟬冕客，憂畏白鬚眉。（卷四，頁248）

此詩作于嘉定十四年（1221年）。

　　首二句破題，交代得一清二楚。

　　三句喻奇，四句喻妙。

　　五、六句寫配套衣杖。

七句八句以富貴之士憂讒畏譏與己相比，自得之意流露無餘。

全詩巧妙處在於：一棕冠（平民之服）與一蟬冠（貂蟬冠，富貴之達官戴之，是官服）之對襯，而於人生境界作了一番有意無意的比照。

陸、碑

一、陳景升頃遺余化度寺碑甚佳，闕後三行，歸自龍溪，始為余補足，記以絕句

端平曾歎闕三行，淳祐重來爲補亡。

收拾一碑勞十載，此生凡事不須忙。（卷 11，頁 678）

此詩作于嘉熙三年（1239）居家時。

化度寺碑，即歐陽率更〈書邕禪師塔銘〉。

首句云：端平年間始得此碑，缺後三行。述事加一動詞「歎」。

次句說淳祐年間補足之。

三句總綰上面二句。

四句借題發揮。

可惜全詩未描寫碑之形貌。

二、墮淚碑

治化無深淺，要諸久始知。

遺民他日淚，太傅向來碑。

反袂緣何事？輕裘若在時。

勳名一片石，尸祝百年思。

不比山公醉，惟應湛堪悲。

征南亦深刻，感慨者爲誰？（卷 28，頁 1528）

此詩作于寶祐六年（1258 年）。

按襄陽百姓對羊祜甚爲懷念，乃於峴山平生遊憩之所建碑立廟，歲時饗祭。望其碑者，莫不流涕，杜預因名之爲墮淚碑。

又羊祜登峴山時，與從事鄒湛說：「自有宇宙而有此山，登此遠望如我與卿者多矣，皆湮滅無聞，使人悲傷。」湛答：「公之名當與

此山俱傳，若湛輩，乃當如公言耳。」

　　首二句泛說道理。

　　三、四句破題，用倒裝對仗，唯「來」字欠著落。

　　五、六句上承三、四，反袂者拭淚也，輕裘緩帶，羊祜太傅之一貫作風也。

　　七句爲千古名言，卻又切合題旨。

　　八句只是湊合。

　　九句山簡常醉，同在襄陽峴山，畢竟與羊祜不同。

　　十句引鄒湛之語正好烘襯了羊祜的偉大。

　　十一句謂羊祜征吳之役影響深遠。

　　十二句說得曖昧，吳人有吳人的感慨，晉人有晉人的感慨，後人復有後人的悲慨。含糊之妙用在兼包並容。

　　碑不如碑主重要，此又一證。

三、題韓柳廟碑一首

　　　韓柳子孫皆物故，士民尸祝尚如新。
　　　吾行天下已頭白，三百年唐惟二人。（卷46，頁2398）

此詩作于咸淳四年（1268 年）。

　　首句直述。

　　次句亦寫實，但與前句對擎之意昭然。

　　三句自抒，謂吾年老資深，閱歷甚廣博。

　　四句謂韓愈、柳宗元是唐代惟有的二人傑。此話太誇張，李白、杜甫如何？

　　全詩因碑論人，而幾忘碑之存在。

柒、書

曝書一首

　　　秋齋近午氣尤炎，命僕開箱更發奩。
　　　蟲蝕闕文勞注乙，嵐侵脫葉費裝黏。

雲迷玉帝藏書府，日在山人炙背簷。

誰道閒居無一事？袒衣揮扇曝芸籤。（卷二，頁 136）

此詩作于嘉定十三年（1220 年）。

首二句破題，並大致交代了季節。

三、四句寫照藏書之狀況：蟲蝕、脫頁。

五、六句自詡己之藏書爲玉帝之寶藏，卻亦自知此乃野人獻曝之語。（兼陳曝書之實。）

末二句收尾，乃故示瀟灑。

捌、硯

一、蟾蜍硯滴

鑄出爬沙狀，兒童競撫摩。

背如千歲者，腹奈一輪何？

器較瓶罌小，功於几硯多。

所盛涓滴水，後世賴餘波。（卷四，頁 229）

首句破題而生動。

次句只是湊趣。

三句更添趣致。

四句似謂此硯腹有輪渦。

五句狀其體型，六句寫其功能。

七、八句以夸飾收場。

硯中有儲水，謂之硯滴。

二、題　硯

吾硯平生極自珍，塗雲抹月發清新。

臨歸攜就西湖洗，不受東華一點塵。

按蘇軾詩中有自注云：「前輩戲語，有西湖風月，不如東華軟紅香土。」東華，仙人之居處。

首句破題，坦率自述。

次句似謂硯上有花飾：塗雲抹月。

三句用西湖之水洗濯之，極雅。

四句意指其一塵不染。

三抒寫一用典，亦成佳章。

三、獲　硯

二硯溫如玉琢成，信知天地有精英。

馬肝紫潤尤宜浴，鴝眼青圓宛似生。

未愛潘郎呼作友，便教米老拜爲兄。

今年几案多奇獲，應是窮儒命漸亨。（卷九，頁551）

此詩約作于紹定四年（1231年）家居時。

首句破題：交代數目、形象。

次句讚美至極。

三句、四句分寫其色澤形貌。

五、六句用二典：米芾拜醜石爲兄。

七、八句由獲硯聯想到自己命運漸亨通。

四、再獲硯自和一首

三硯聯翩買券成，絕勝玉杵聘雲英。

捫摩無粟向肌起，塗抹有花從筆生。

韞匵每愁逢暴客，傾囊或笑貴方兄。

古來事業由勤苦，不信磨穿道不亨。（卷九，頁552）

此詩亦與前詩作于同時。

首句破題：二加一成三硯。

次句用裴航遇仙女樊夫人贈杵典：有詩云：「玄霜搗盡見雲英。」後果以玉杵聘雲英。此謂硯勝玉杵。

三句謂硯至溫潤。

四句謂硯助妙筆生花。

五句謂珍貴之物最怕暴客來竊。

六句說爲買硯不惜鉅貲。

七句自勉。

八句謂磨穿硯台、辛苦筆耕,必得好事業、好命運。

有描寫,有抒情,有議論。惟三句稍嫌做作。

五、余大父著作嘗以所得沈元用給事歙硯遺水南林府君,後七十年,林氏子大鼎以端硯遺余,答以小詩

隆乾手澤稀疏甚,數帖悽其在水南。

但看吾翁遺歙石,固應之子餉端巖。

丁寧後裔藏爲好,羞愧先民寶不貪。

自笑老猶耽筆硯,少年莫也肯同參。(卷11,頁645)

此詩作于嘉熙二年(1238)左右。

劉克莊祖父夙卒於乾道七年,劉夙贈硯之後七十年或在嘉熙間。沈元用名晦,錢塘人,宣和六年進士第一人。

首二句破題,極言其物之珍貴。

三句、四句由祖父之貽人說到自己之受贈。應視爲一流水對。

五句、六句自勉勉人,並誌愧意。

七、八兩句由硯及于筆墨,並請家中少年同參,上應五句。

於二硯,未正面著落一字。

六、銅雀瓦硯歌一首謝林法曹

涼州賊燒洛陽宮,黃屋遷播僑鄴中。

兵驅椒房出複壁,帝不能捄憂及躬。

臺下役夫皆菜色,臺上美人如花紅。

九州戰血丹野草,不聞鬼哭聞歌鐘。

時人肆罵作漢賊,相國自許賢周公。

一朝西陵瘞弓劍,帳殿寂寞來悲風。

美人去事黃初帝,家法乃與穹廬同。

繁華銷歇世代遠,惟有漳水流無窮。

時時耕者钁遺瓦,蘚侵土蝕疑古銅。

後來好事斲成硯,平視端歙相長雄。

參軍得之喜不寐,携歸光怪夜吐紅。

謂宜載寶餉洛貴,顧肯割愛遺山翁?

　　　翁生建安七子後，幼覽方冊夢寐通。

　　　白頭始獲交石友，非不磨礪無新功。

　　　復愁偷兒瞰吾屋，竊去奚異玉與弓。

　　　書生一硯何足計，老瞞萬瓦掃地空。（卷23，頁1259）

此詩作于寶祐三年（1255年）。

　　此詩由銅雀台硯起興，此硯多斷折，間有全者，煮以瀝青，發墨可用。好奇者愛其古。

　　前四句寫後漢的時代背景。

　　五六句詠銅雀台耗費諸多人力修成，台上收儲不少美人。二喻一用苯色，一用花紅，頗收對照之功。

　　七、八句實抒近諷。

　　九、十句更強烈反諷曹操。

　　十一、二句寫曹操身後淒涼。

　　十三、四句指曹丕盡收先帝宮女姬妾入其內宮，乃效匈奴家法。

　　十五、六句復悲往事如烟，不如流水湯湯。

　　十七、八句以下終於詠及此硯。

　　二十一句後寫林法曹得硯贈於克莊的情況，以及克莊寶愛唯恐失之的情狀。

　　末二句復詠曹操之人去台廢。

　　本詩全部寫歷史，少許寫到硯本身。亦可謂之變體。

七、余常用小端硯失之經年，忽在常賣人手中，以錢贖歸，紀實二首之一

　　　幾年共學久相於，中道如遺忍棄予。

　　　韞匵而藏機不密，竊鉤雖小法當誅。

　　　匹夫有罪因懷璧，象罔無心偶得珠。

　　　戒飭家僮嚴護守，即今鼠子巧穿窬。（卷30，頁1637）

此詩作于開慶元年（1259年）。

　　首二句破題，交代本末，用擬人法。

三、四句一責自己疏于防範，一咒偷兒應誅。

五句虛說，六句實陳——失而復得。

末二句戒僮嚴守。

用典用喻（如鼠子），只說此硯之失而復得，而未及于硯之本身。

玖、筆

一、羊毫筆一首

拔到髯生族，多因兔穎稀。

只宜茅舍用，難向玉堂揮。

弄翰虛名似，吹毛本質非。

兒曹貪價賤，鴉蚓掃如飛。（卷四，頁 234）

此詩作于嘉定十四年（1221 年）。

首二句破題，說明用羊毫作筆之因由。

三、四句謂此筆只宜平民用，官員不適用。

五、六句借題發揮。

七、八句謂家中晚輩用此筆胡亂塗鴉。

依然未描寫毛筆本身。

二、夢　筆

異世猶相惎，同時必見攻？

區區一枝筆，悔借與文通。（卷 18，頁 1042）

此詩作于淳祐十二年（1252 年）。

此詩完全就江郎才盡一典落筆發揮。

首二句說文人相輕，古今同然，同時之文士必互相攻訐，甚至異代之人亦相猜忌。

三、四句順勢而下，區區一枝綵筆，郭璞既已在冥冥中借給江淹，如何後來又向他夢中索回，使他從此才盡。

此借筆興慨，實未見筆。

拾、筆　架

> 堅新賴摹畫，老禿計休閑。
>
> 露頂張長史，科頭管幼安。（卷36，頁1947）

此詩作于咸淳元年（1265年），爲「戲效屏山書齋十詠」之一，以下八首同此。

首二句謂筆架收容筆桿，它們或用以摹畫，或老禿而休息於此。

三句用唐草聖張旭每飽飲酒，醉後脫帽露頂，狂書猛揮，自成佳作。此亦上應首句。

四句則用管寧之典。似不相干，勉強可陪襯三句。

管寧嘗述己之三過：「一朝科頭，三晨晏起，一次不冠如廁。」

題爲筆架，只述功能，未見形象。

拾壹、剪　刀

> 茲匪并州者，輕堅耐淬磨。
>
> 文通懷內錦，裁割已無多。（同上）

此詩首先介紹此剪之出身，並非最上乘之「并刀」。

次句復述特質：輕、堅。

三四句又用江淹之典：傳說有人贈之一匹緞錦，象喻其文才。此謂用此剪可剪裁掉才子之才錦。

無中生有亦是詩。

拾貳、喚　鐵

> 既無鸚鵡鳥，亦欠琵琶姬。
>
> 縱使敲方響，童奴佯不知。（同上）

太白山隱士郭休，有運氣絕粒之術，以槌畫一鐵片子，鳥獸聞之，即集庭下，名曰喚鐵。其功能略似喚人鈴。

首二句謂喚鐵不如鸚鵡之叫聲，亦不如歌姬彈奏之琵琶聲。

三句順流而下，喚鐵畫了又敲。

四句僮僕竟佯裝未聞。

此詩借物諷僕，卻未見喚鐵之形貌。

二虛一實，結構宛然。

拾叁、紙　拂

炎鬱甚炊蒸，夏蟲難語冰。

家無紅拂妓，捉塵自驅蠅。（同上，頁 1948）

首二句言夏日炎酷，夏蟲猖獗。

三四句半用紅拂在楊素身邊執拂塵而侍之典。

詩人親手持紙拂驅蠅，以此寫照紙拂之用。

紅拂，炎日紙拂，妙合成趣。

拾肆、圖　書

可繫伯仁肘，難懸季子腰。

自刊聊自用，渠刻任渠銷。（同上）

首句伯仁指晉人周顗，嘗為相。

次句季子指蘇秦，由貧士而至為六國相。

二句為互文，謂官印、圖章之大功。

三句自刊，自刻自用。

四句他人刻，任他人用，他人銷。

圖章之用亦大矣哉！閒言四句，似是而非。

拾伍、壓紙獅子

紙薄如蟬翼，擇兮風未休。

勞煩汝威重，鎮壓彼輕浮。（同上）

首二句一用比喻，一用擬人法。

風欲擇紙而劫持之。

三句再用擬人句，請獅形紙鎮壓住紙張，以免被風捲去劫走。

四句之「輕浮」，恰應合首句之「紙薄」。

而獅、蟬之間，亦有齊物之妙。

拾陸、界　方

> 有時一起畫，有時三絕編。
>
> 朱絲絃側畔，玉尺界傍邊。(同上)

界方即戒尺，或曰界尺。

首句謂界尺幫助畫線條。

次句說界尺可助裁截。

三句乃裝飾趣味。

四句再說它的功能，實與一句近似。

爲賦新詞，不免強湊。

拾柒、燈　檠

> 雪螢貧士眼，珠翠貴人身。
>
> 自從牆角棄，無復案頭親。(同上，頁 1949)

首句指孫康映雪、車胤囊螢而讀書，喻貧士之燈 —— 代燈。

次句謂貴人身上的珠寶，亦有如燈光之輝煌。

因此燈不必用，燈架就更被人棄置於牆角了。三句衍生四句。

說燈架，兼及于燈，卻說燈亦未必有用，妙！

依然未描寫燈架之形貌。

拾捌、搘案木

> 工師將考室，何止大爲宷？
>
> 搘案雖微用，由來寸有長。(同上)

搘案木爲支撐桌子的木頭。

首二句說工師宏、微兼顧。

三、四句謂搘案木雖是小物件，也自有它撐持桌案的功能。

可惜此詩缺乏詩情詩意。這也是古今若干詠物詩的通病之一。

拾玖、酒

一、被　酒

> 酒户當年頗著聲，可堪病起困飛觥？

醉呼褚令爲傖父，狂喚桓公作老兵。

舊有崢嶸皆鏟去，新無壘塊可澆平。

投床懶取騷經看，只嗅梨花解宿醒。（卷三，頁 198）

首二句謂己本善酒，今病不行。

按褚令指褚裒，曾爲章安令，東出，乘估客船，送故吏數人，宿錢唐亭。時沈充爲縣令，送客，亭吏驅褚公移牛屋下，沈令問是何人，吏云：「昨有一傖父來寄亭中。」後沈充與之相見歡。

桓公即桓溫，謝奕常逼溫飲酒，溫避入南康主門。公主曰：「君若無狂司馬，我何由得相見？」奕遂攜酒就廳事，引溫一兵帥共飲曰：「失一老兵，得一老兵，亦何所在？」溫不之責。

三、四句用此二事典說酒。

五、六句謂酒可以澆平人胸中塊壘。用互文，反反正正。

七、八謂不似辛棄疾以〈離騷〉伴酒，只嗅花香解醉可也。

嚴格說來，酒非器物，然亦可是詠物詩之對象。

二、以王家酒寄陳北山得二絕句，誚酒味不如舊日之勁峭，用韻二首之二

醇醪易入醉人鄉，勁酒難逢醒者嘗。

王媼區區眞小點，隨時增損甕中方。（卷八，頁 489）

此詩約作于寶慶三年（1227）年。

首二句皆謂醇酒易使人醉，句異義同。

三句王媼應爲一酒家老闆娘，說她狡猾，理由在四句說清楚。

四句直述：王媼常常換酒方，以吸引更多酒客。

貳拾、茶　皿

隔竹敲茶皿

午杵誰敲皿？山童鬌兩鬌。

偶因聲隔竹，不覺意思茶。

北牖沉沉靜，南牆故故遮。

微聞孤杵聲，初試一旗斜。

　　　門掩王猷宅，泉甘陸羽家。

　　　搜腸攪文字，毋乃太清耶？（卷 28，頁 1541）

此詩作于寶祐六年（1258 年）夏天。

　　首二句破題：小童敲茶皿。

　　三、四句云：此隔竹皿聲，引發我飲茶之念。

　　五、六句描寫環境，醞釀氣氛。

　　七、八句謂聞杵皿聲欲到酒家或茶戶一飲。

　　九、十句用王子猷不可一日無竹、陸羽好茶、著《茶經》之典，兼顧題目之「竹」、「茶」二字。

　　十一、二句大約說飲茶則腸清，或有助於文章。

　　此詩實兼及茶及茶皿。

貳壹、藥

題本草

　　　勤讀方書不爲身，里中耆舊半成塵。

　　　幾時作箇荒山主？多種黃精售與人。（卷一，頁 76）

此詩作于嘉定十二年（1219 年）。

　　《本草》在宋代有《大觀本草》、《本草衍義》、《紹興校定本草》、《本草節要》等，此詩不知何指。

　　首二句謂自己未老，不想取藥求長生，因爲前輩長老皆已故去，自己亦無奢望。

　　後二句意思一轉：也許未來在山中定居，專種黃精之類的草藥，濟世活人。

　　信藥不信藥，一念之轉。

貳貳、艾

戲鄭閩清灼艾

　　　點穴不須醫，《針經》手自披。

　　　既云丹熟後，焉用火攻為？

　　　簡出創牽步，端居痛上眉。

　　　閉門功行滿，應有解飛時。（卷三，頁146）

此詩作于嘉定十三年（1220年）。

　　首二句謂鄭氏自治針灸之術。

　　三、四句說你既能鍊得丹藥，何必又灼艾施針灸？

　　五、六句似描寫他施針灸之過程。

　　七、八句戲謔他：你功行圓滿時，應可白白飛昇了。

貳叁、鞭

蒲鞭（少作）

　　　陌上兒童說，時清長吏賢。

　　　豈能無朴教，不過示蒲鞭。

　　　以彼輕柔質，施諸牧御權。

　　　坐令強梗者，若撻市朝然。

　　　院舍棠陰合，圜扉草色鮮。

　　　弛答能敗子，威愛貴兼全。（卷28，頁1540）

此詩約作于二十餘歲時。

　　《後漢書‧劉寬傳》：「吏人有過，但用蒲鞭罰之，示辱而已。」
按蒲鞭著身，不甚痛楚。

　　首句以「兒童說」起興，頗為別致，次句為蒲鞭引子。

　　三句謂不能因時清吏賢而廢教化。

　　四句說蒲鞭薄責，示辱而已。

　　五、六句再重言之，以「輕柔質」形容蒲鞭，亦頗為恰當。

　　七、八句仍衍伸其意。

　　九、十句以背景之描寫烘托和睦之氣氛。

　　末二句主張治國治人要恩威並施。

　　以一鞭喻政治法則，不失溫柔敦厚之旨。

　　以上三十九首器物詩，乃採取較廣義之範圍，時有未及其物、只抒其神者。此外，約有以下六個特色：

　　一、描寫物形物態者相對少些。

　　二、常寫其精神，或借題發揮。

　　三、多用直述白描，少用比興。

　　四、用了不少典故，有正用，有反用，有明用，有暗用。

　　五、多爲近體詩，尤以絕句（七絕）爲多。

　　六、多爲中上品之作，亦有少數實爲下品。

總結語

本書所論述的劉克莊詠物詩，計有三八○首。其特色特質可歸納如下：

一、多白描直抒。

二、較少用比興。

三、用喻有鮮明者，亦有凡庸者。

四、用典不少，而且喜歡重複使用若干熟典。

五、有一二僻典遍查不得其解。

六、短篇精練。

七、長篇氣勢足，韻味亦不弱。

八、偶有氣弱理薄情稀之作。

九、常有特殊寓意，或言外之思。

十、陳腔濫調甚少。

十一、有時命意及意境會自我重複，尤其梅詩百首，更不可避免此失。

十二、創意不鮮，但不如其人物詩那麼多。

十三、以絕句為大宗，七絕尤為擅長；五律、七律亦屢見；近體長詩只是偶見。大約詠物之詩，宜短不宜長。

十四、幾乎未見完整合度的排律。

十五、亦有一些狡獪弄姿之作。

十六、對仗、用韻大體不差，亦有甚出色之聯語。

十七、詠物詩本可分有我、無我二類，前者主觀，後者則較爲客觀。克莊詠物，有我者居大宗。

十八、他常把自己的人格、思想、人生經歷勻入詠物詩作中。

十九、有時泛作泛詠，影響作品水準。

二十、劉克莊詠物詩多爲中上品之作，少數堪稱上品，亦有可列入中下品、下品者，唯數量不多。